金獎作家——A.Z.

S1

時間：晚上十點
地點：劇場
登場人物：陳山茶

△音效播放：路伊吉．皮蘭德羅代表劇作《六個尋找作者的劇中人》順利巡演結束，余導繼自編自導的《橙光》大受好評後，又端出一經典改編劇作！場場爆滿，可謂大獲成功。

陳山茶：以為是看戲人，其實是劇中人……你改編了這樣的作品，但自己卻寫不出這樣的戲。

△陳山茶將手上的筆記本撕掉好幾頁。

陳山茶：可笑的是，我也寫不好。但就算我寫不好，我也不會去改編別人的作品。我已經想好了，我要寫一個像《仲夏夜之夢》那樣，像《牡丹亭》杜麗娘夢中邂逅柳夢梅那樣。我要寫——月老夢蝶這樣的故事。

△燈暗。

「月老爺爺在上，信女蔡桃花今日奉上閃電泡芙供養月老爺爺，祈求月老爺爺再次為信女牽線……」心中默念至此，蔡桃花越想越氣。再次、是再次喔！天曉得這個再次是第幾次了嗎？是第十次！

她忍住心中怒火，盡量不要對神不敬，以左手將香插進香爐，走到神壇前雙手合十，繼續在心中默念：

「月老爺爺，第九次您為我牽線的那位有緣人又分手了，分手原因是我意外在他的雲端帳號裡發現……發現他竟然是個變裝皇后！原來他每個禮拜固定會有兩個晚上消失，才不是去做什麼義工，而是去當變裝皇后！當然了，我蔡桃花什麼大風大浪沒見過，您之前牽的人，比他瘋狂的多了去了，只是我真的無法忍受另外一半的屁股還要給另一個男人使用，這或許有點十八禁，但他的相簿裡真的有和好多好多男人共度春宵的照片。雖然我們的床事正常，但……我真的沒有辦法不去想那些。我昨天已經和他攤牌分手了，他告訴我他其實是雙性戀，他是真的愛我，但他也無法放棄這個興趣。這到底算哪門子的愛我，這確定不是整我嗎！」

蔡桃花忍不住抬眼瞪著神壇上拿著拐杖、笑得和藹可親的月老，明明神像看起來是在笑，但此時蔡桃花不敬地一瞪，神像的面容彷彿也透露出一點怒色。

蔡桃花回顧這十年來，從她十八歲第一次和朋友拜祀典武廟的月老後，因為太過靈驗，從此成為死忠信徒。然而，卻沒有一段感情能超過一年，每次都會因為各種離奇的原因分手。

細數起來，第一任還算是正常分手。他在電子公司上班，她拜完月老不到一個禮拜，就在一個人去看電影時被搭訕。由於他長得又高又瘦，完全長在她的審美上，兩人一見如故地聊了很久，就這樣每天晚上花上好幾個小時通電話，不到兩個星期對方就向她告白在一起。然而好景不長，不到半年，她的社群軟體開始會有來路不明的女生私訊她，希望她能和男友分手之類，才發現對方在公司就是個中央空調，到處曖昧、從不給承諾。她當下快刀斬亂麻地分手。

求來的第二任，職業非常特殊，是涼山特勤隊。一開始她還覺得對方很有男子氣概、很帥氣，跟他在一起非常有安全感。但交往不到一個月對方要求同居，同居後的日子可謂行軍。那時她還在讀戲劇系，課業重到都要壓垮她了，還不讓人睡覺，晚上在性事上又走一個ＳＭ風格的，她真的無法接受！

第三任看起來正常多了，是位國小老師。交往期間算是平順，那時她在趕畢製的戲，兩人見面的次數很少，但也是維持了八個多月。直到某次她借用他的手機查導航，意外發現他在奇怪的社群上留下許多詭異的留言，那些內容和他平常和善的人設完全不同，懷疑他擁有反社會人格跡象，她基於直覺決定分手。

第四任是在她公演時認識的木雕師。同樣都在藝術領域的他們很有話聊，沒多久就在一起，雖然沒同居，但她經常留宿他家。某次她半夜起來上廁所，意外撞見他竟然對著自己的雕刻作品自慰，他明明跟她說過「他不太喜歡做愛」，原來是真的不喜歡和人做愛……

第五任是製造業的主管。她礙於對第一任的陰影，從一開始就不太信任他，不過在一起一陣子後，她發現他真的是個性嚴謹、在公司不亂搞曖昧的人。直到兩人交往近一年，差不多要見家長了，才發現他是徹頭徹尾的媽寶。男方媽媽初次見面就對她說：「桃花啊，我兒子工作繁忙，我希望妳能多體諒他，發洩生理欲望妳能不能幫他口交就好嗎？做愛很花時間和體力，你們又一個禮拜做三次……」蔡桃花嚇得啞口無言，原來男方已經媽寶到連這種事都會告訴媽媽！分、手！

第六任是蔡桃花去參加師長葬禮時認識的禮儀師。在她哭得一把鼻涕一把眼淚時，對方的安慰可謂趁虛而入。後來打聽之下，發現男方是個品行端正的好人，只不過才在一起短短一個月，某天蔡桃花去探班，因為對方工作忙碌，請她在辦公室等他。基於過往種種奇異經驗，她決定看看他的電腦，果然被她找到了隱藏的資料夾，裡面存放的都是一些他性侵大體的影片……她非常慶幸，他們還沒有發生過關係！

第七任是房仲。在蔡桃花交往初期的各種檢查下，這一任完全沒有任何怪癖和不良品性，她看到了人生曙光，感覺到自己終於要踏入婚姻了！對方也不負眾望於交往半年後，在餐廳精心策劃一場求婚，當他說出那些浪漫又感人的話語，她準備要點頭說「我願意」的剎那，警察衝進餐廳，立即將他逮捕。經過了解，原來他是詐騙集團的主謀，他的職業根本就不是房仲，而是打著賣房的名義進行詐騙……

第八任又是一名從事電子業的男生，不過他們的初相遇非常戲劇化。在買咖啡時，店員不小心搞錯兩人點的咖啡，但彼此都已經喝下第一口，兩人相視一笑，便坐下來聊天。男方給了蔡桃花如夢似幻的兩個月，他沒事會突然壁咚她，會對她說一些偶像劇般的台詞，更會做一堆偶像劇才會有的浪漫舉動。怎知兩個月過去，他突然像是變了個人，變得非常頹廢又一語不發，一探究竟才知道他最近正在追一部偵探劇。前陣子的那些舉動全都是他照著偶像劇演的，原來他是個會把戲劇「具象化」的人，而她，不過就是被他利用的一個演員……

第九任就是那位變裝皇后。她蔡桃花根本人間絕望，越想越氣，細數這十年來的九任男朋友，沒有一個是正常的，覺得月老根本就是在整她。

她自認是個非常虔誠的信徒，每次都會問月老喜不喜歡今天上供的甜點，下次吃哪家的甜點好不好。每次許願成功必定會準時還願，每次路過也必定會進來參拜，祀典武廟根本就是她家後院，她都這麼虔誠了，月老卻每次都牽這些奇奇怪怪的緣分，這不會太過分了嗎？

「祀典武廟的月老！祢、祢有種就出來面對，好好負責！」

轟隆轟隆——

蔡桃花激憤之下對天不敬，果然立刻從天上傳來雷聲巨響，嚇得她抖了一下，但又不畏懼地再次挺直身子。「我有說錯嗎？我到底哪裡不虔誠了！那九任男友，到底哪一個是值得託付終身了？別人來這裡總是一求就緣分天注定，只有我蔡桃花一求，絕對是籤中之王！這真的太過分了嗚嗚嗚嗚。」她越說越委屈，居然淚眼婆娑地哭起來。

轟隆轟隆——

雷聲繼續響，原本晴空萬里，此刻突然烏雲密布，雷聲近到就像在她的頭上盤旋似地。但她也不在意、不害怕了，談個戀愛這麼衰，又在劇團沒日沒夜地工作，活著也沒什麼意思了，乾脆劈死她算了。

踏出後殿，她望著殿外的古梅樹，心中更是委屈萬分。一旁的廟方人員似乎想上前關切她要不要傘，但又怕在月老面前給她傘，是觸霉之舉，只能用著愛莫能助的表情，目送蔡桃花淋雨騎車離開。

不過，這雷聲似乎真的是跟著蔡桃花走，雷雲一路盤旋在她頭頂上，幾度有閃電直劈在她面前，但都沒被打中。

她濕漉漉地回家後，洗個澡就睡了，畢竟她身為血汗的導演助理，明天還有一堆鳥事在等著她。

沒被雷劈死，她只能期待過勞死。

轟隆轟隆——

叮咚——叮咚、叮咚——

接連刺耳的鈴聲，在清晨以令人煩躁的速度奏響，還在睡夢中的人隱約被吵醒，卻怎樣都不願從被窩出來。直到門鈴聲已經吵到連隔壁鄰居都跟著在拍門的程度，床上的人才滿臉起床氣地從被窩探出頭。

「蔡小姐！妳嘛幫幫忙！早上就情侶吵架喔！吵死人啦！快開門。」

「隔壁的林阿姨在說什麼……哪來的情侶吵架。」蔡桃花不甘願地起身，一身灰兔子的睡衣也沒有要換下來的意思，直接把門打開，只見林阿姨還在碎碎念，以及旁邊站了一名身長一米八的男人，長得很好看，睡眼惺忪如桃花。這一刻、這一秒，這張臉帥到讓她都想好他們的小孩要叫什麼名字了。

「吼！真的是吼，人家帥帥的有什麼好不能原諒，還把他關在外面多可憐。」林阿姨關上自家大門前，還在不停碎念著。

——是啊，長得這麼帥，有什麼罪過需要被關在外面呢？多可憐啊！蔡桃花非常認同。

「你是哪一戶的啊？是不是找錯層了？」

畢竟他們這種小公寓，一層只有兩戶啊。

「沒找錯，就是妳。」男人挑挑眉，桀驁不馴的神情堪比言情小說的男主角，蔡桃花還沒反應過來就被他一把推開，大辣辣地進屋，還命令她關門。

——難道，月老爺爺這次顯靈到，直接把人送到她家？太有誠意了吧。

「咳，我家是可以借你坐一下，不過你是真的找錯人了。」蔡桃花低頭發現灰兔睡衣上竟然還沾了一坨不知猴年馬月弄上的菜汁，羞得都想立刻去換衣服了。

「我說了，沒找錯，就是找妳蔡桃花。」

蔡桃花一驚，她很確定昨晚自己沒有在外面亂喝酒、一夜情。過去的她也沒有這個習慣，難道這個人也是劇團的？不可能，長這麼帥不去當演員，怎麼可能在劇團爆肝？太不合邏輯了。

蔡桃花無奈地在他對面的地上坐下。沒辦法，誰叫這個人占了這間小套房裡唯一一張沙發。她往地上一坐，像極了對天祈求的善男信女。

「你怎麼知道我叫什麼名字？你是誰？」

「妳不認識我？」

「真、真的不認識……」

「妳再好好想想。」

蔡桃花的耐性已經消耗殆盡，再怎麼帥也不能這樣欺負人。「是你莫名其妙跑來我家按門鈴，然後又死不說自己是誰，只叫我想，是要想什麼啦！想我是在何時踢了你家祖墳嗎？」

男人一聽，認同地點點頭，「差不多就是這個意思，有慧根。」

「……」

「我叫唐祀青，是妳把我叫來負責的，所以我就大發慈悲地來了。接下來歷劫的數十年，**我會好好對妳負責**。」尤其是最後一句話，唐祀青說得特別用力，這下子把蔡桃花嚇得連話都說不上來。

負責？她？她啥時叫人家來負責了？

記憶的跑馬燈高速倒轉，直到停在昨天，她在月老面前的大放厥詞引發天雷，她直接搖頭否定自己的荒謬幻想。

「這位唐先生，這是什麼YT的整人計畫還是路人觀察計畫？你身上有GoPro對不對？藏在哪？」

「聽不懂妳在說什麼。」

「我也聽不懂你的話啊！」她簡直欲哭無淚。

「也是，這麼多年了，妳的腦子本來就不太靈光，我又不是沒見識過。算了，我就日行一善，好好解釋給妳聽吧！我是祀典武廟的月老唐祀青，是妳口口聲聲叫我來負責，才**害得本君**被帝君斥責。帝君說了，剛好我也到了要歷劫的時候，乾脆就下凡來好好地對妳這位信徒負責。聽明白了嗎？」

「你八成是昨天偷聽到我在月老廟說的話了吧？可憐啊，長得那麼好，結果是個瘋子。」蔡桃花這下清醒了，再也沒有被這奇怪的狀況牽著鼻子走。

「我就知道妳是個傻子。」

蔡桃花懶得理他，今天早上十點要進行開排拜拜，這種大行程要是遲到了，那她才是真的倒大楣。她迅速盥洗完畢，綁上馬尾、擦了防曬就要出門，只見那尊自稱大神的傢伙，還好好地坐在沙發上不動，她感到頭痛。

「你是打算一直待在我家了嗎？」

「我又沒地方去。」

「那我也不能放你這個陌生人在我家啊，快點出來，不然我報警抓你，你只會被強制送醫喔！」

這點威脅很有用，唐祀青乖乖出門，並且把「尾隨」兩字發揮到極致。她發動機車，他快速跳上後座，像個地基主似地死也不下車，她只好讓他戴好安全帽一起出發。他跟著去買早餐，毫不客氣地拿了兩份燒餅油條、蛋餅和豆漿，還自動退一步讓蔡桃花付錢。

蔡桃花的憤怒值已到極限，但她若是今天遲到才真的會完蛋，所以她忍，忍著讓這個陌生人直接跟到劇團內。

「那是誰啊？竟然帶男朋友上班。」

「那個人長得好帥，不配！」

「她導演組的啦，真囂張耶。」

「八成是為了炫耀男朋友吧。」

蔡桃花直接把唐祀青帶到道具倉庫。「我現在沒心情跟你吵架，你既然都跟進來了，乖乖待在這個倉庫不要亂跑。這是臨時工作證，有人進來問你是誰，就說你是導演組的工讀生，知道嗎？」

唐祀青完全不理她，逕自吃著燒餅油條配豆漿，完全把她當空氣。

「記得，千萬不要說你認識我！」她不只桃花運差，看來現在連運氣都很差，這個瘋子到底是從哪裡來的？等結束他若還跟著，她決定直接報警處理！是報警，絕對不是抱緊，她才沒那麼缺男人。

良辰吉時，劇團每次挑揀的都是好日子，連時辰也是請人推算過的，就是希望劇團每一次巡演的戲，都能叫好叫座。

這次藍海劇團的新戲《聖誕夜奇蹟》是一部溫暖感人的喜劇，請來的演員也都是叫得出名字的實力派演員。蔡桃花本身非常期待這部劇能廣受好評，她很喜歡這次的劇本。

她急忙趕到現場，立刻掃了一眼，確定藍導還沒出現，鬆口氣趕忙領香列隊。拜拜的陣仗很大，全劇團總動員，站在最前排的都是劇團內的高管和演員。藍導在最後一刻登場，舞監（註：舞台監督）林文隆負責主持拜拜。

吉時一到，林文隆說著一口順暢的台語，上至天公，下至五路好兄弟全都謝過一輪，並仔細地報上劇名、導演名、演員名等資訊。講完一輪已經過五分鐘，大家汗流浹背，卻沒有一人將手放下，全都恭恭敬敬地舉在額頭上。

「拜！」一聲令下，眾人齊拜。

最先插香的，一定是導演。

藍至梏今日將及肩長髮綁成低馬尾，黑框眼鏡有點霧氣，他以右手拿香靠近香爐，才剛入香，香隨即折半，嚇了大家一跳。

林文隆立即打圓場。「雙雙對對好兆頭！代表我們會巡演兩次，明年還要再巡演一次！」

為了避免尷尬，舞監示意大家快點插香，趕快化解香突然斷掉的不好兆頭。就在香全部都插入後，眾人準備再合手祭拜時，香爐起火了！

「靠……發爐！」

這還不是普通的發爐，香爐起火後，短短三秒內突然炸裂，距離最近的藍至梏馬上被噴到。他反應快速地用手臂擋住噴濺的火苗碎渣，沒發出一聲哀嚎，反倒是演員們更加驚慌，大家迅速退避三舍，場面霎時亂成一團。

「導演你沒事吧？」蔡桃花擠出人群，第一時間攙扶藍至梏，小心護住他的傷口，避免在人群推擠下受到二次傷害。

「沒事。」藍至梏滿頭大汗，神色略顯慌亂，好不容易挑了良辰吉時來拜拜，怎麼會發生這種不好的兆頭？這可是會讓大家都變得人心惶惶的。

「導演，好旺啊！旺成這樣，我們這部戲一定火，火火生風啊。」

「是虎虎生風。」

吐槽的聲音不是從藍至梏口中發出，而是來自一名身材修長的男人。

「我以前看過這種狀況，通常都是有冤親債主在搗亂，這怎麼看都不會是什麼大旺的跡象。」

「導演，你別聽他胡說，這肯定就是好運旺旺來！」

「行了，我自己處理傷口就好，妳去和行政、製作那邊溝通一下，至少要確保演員不會有問題，明天準時排練。」藍至梏沒心情聽蔡桃花瞎扯，倒是對唐祀青多看了一眼。

蔡桃花笑呵呵地送走導演後，立刻拉住那個長得像人形立牌的唐祀青，拖到轉角沒人的地方。

「我不是跟你說不准離開倉庫嗎？你跑來這瞎鬧什麼？」

「我剛剛說的是事實，而且我前面並沒有答應妳。嚴格來說，我給妳的回答應該是怒杯。」

蔡桃花覺得頭好痛，真的非常痛，事情已經夠多，狀況也夠多了，為什麼還要被一個一直在角色扮演的神經病纏上。

「我管你什麼怒杯，我要把你抓去給警察北北！」

唐祀青再次深深覺得，該負責的真的不是他，而是這位信徒個性本身有問題，所以才會招致前面九次姻緣失敗。嘖嘖。

警局內，蔡桃花抱怨了半天像隻炸毛的貓，唐祀青反倒一點都不緊張，端起水杯喝得像在品茶似地，相當優雅。員警正在核對身分資料，看看螢幕再看看唐祀青，接著將身分證遞還給他。

「蔡小姐，我看這位唐先生的身分沒有什麼問題。剛剛問話時，他都答得很正常，妳一直嚷嚷著要送他去強制就醫，我看……情侶吵架就到此為止吧，不要再浪費資源了。」

「警察北北！你怎麼不相信我啊？我跟他真的沒在交往，真的！」

「真是麻煩警察大人了，我們就先回去了。」唐祀青收好證件，揪著蔡桃花的衣服往外走。

「你、你……嗚嗚嗚啊啊！」氣不過的蔡桃花，竟然像個孩子一樣哇哇大哭。不愧是劇團出身，哪怕只是個導演助理，但跟著排過上百場的戲，演個假哭還是很逼真。

「好吵，閉嘴。」唐祀青皺著眉，在他眼裡，蔡桃花根本就像隻未教化的小獸，他完全不知道要怎麼和她相處。

「我不管，你不要再跟著我了！我求你了！嗚嗚嗚……」蔡桃花哭聲大到引人注目，就連唐祀青也不得不舉手投降。

「閉嘴，我證明給妳看吧。」

「證明什麼？你是個瘋子？」

「隨我來。」

蔡桃花擦擦眼淚，在警局耗了半天都傍晚了，她其實肚子很餓，但擺脫瘋子更重要。

唐祀青帶她來到她再熟悉不過的祀典武廟，夜晚的廟宇燈火通明，即使是超過三百年的建築，在黑夜中點上燈，看起來也有種恍惚的美感。

在關聖帝君前，他倆默契地行禮，隨後往廟內走去，穿過前殿，走到梅樹下，唐祀青指著梅樹說：「妳第一次來還願的時候說過，要是結婚了，就要綁個彩球在這棵樹上，妳知不知道那樣很醜？還有第五次還願時，妳說結婚了就要把請帖寄到我的郵箱裡，妳到底知不知道那個郵箱的用意？第八次還願，妳還說這次再分手，妳就不求了，要去出家，結果呢？還不是求到第十次。」

蔡桃花滿臉不可置信，「你到底跟蹤我多少年啊？你很變態耶！」

「妳許願的時候，說的那些話不都默念在心裡嗎？我要是跟蹤狂要怎麼聽到？」

「有、有嗎？嗯？好像是耶……」蔡桃花搖搖頭，「就算是這樣又如何？這世上哪有什麼神明歷劫這種事？你以為在演《三生三世》喔！」

「蔡桃花，先不管什麼三生三世，有件事我想告訴妳很久了。」唐祀青向她靠近兩步，她背靠梅樹，無處可躲。眼前這張臉眉目清秀，眼睛炯炯有神，薄唇似笑非笑，實在很難讓她不緊張。

「什麼？」

「我是祀典武廟的月老。」

「你說過了。」

「台南四大月老，大觀音亭的闊嘴月老是說媒高手，大天后宮的月老更是佳偶業績最好的，重慶寺的則是醋矸月老，也是俗稱的復合月老。」

「好、好像有聽過吧。」

「那我是什麼？」

「拐杖月老啊，對了，你來歷劫，拐杖沒一起來啊，哈哈哈！」蔡桃花趁機找到縫隙一鑽，鑽出差點被樹咚的窘境。

「我的拐杖專打小三、爛桃花，且我還有單男月老的別稱。妳其他三個不去拜，老是來求我，本君也被妳弄得很頭疼！」唐祀青平時不苟言笑，沒什麼表情起伏，說到這痛處，眼底竟也生出一點怨氣。為了蔡桃花這個不屈不撓的信徒，每次月老會議時，她的個案一直都是他的痛處！

「哪有人這樣的啊，月老就是月老啊，那些封號什麼的只是別稱，不然裡面那些貼滿結婚照的牆怎麼說？不就代表還是能有情人終成眷屬嘛。」

唐祀青收斂了表情，「這麼說，妳現在是信我了？」

「有待觀察，是說我信不信和你跟不跟著我有什麼關係？」

「帝君這天罰……不是，我是說帝君這道命令來得突然，祂只給了我人間的身分和人類的肉體，其他什麼都沒給我。也就是說我沒有謀生的技能，而造成這種狀況的人，是妳，妳必須負責。」

「這是什麼詭辯，你不是來對我負責的嗎？怎麼反了？」

「我是啊，任君差遣。」

說白了，這傢伙就是想要白吃白喝她，還口口聲聲說要負責，這不就是養小白臉嗎？不對……以他的長相來說，確實擔得起，不對！她怎麼可以向惡勢力屈服！

咕咕──

兩人的肚子同時發出飢腸轆轆的聲音，蔡桃花決定休戰，覓食去！

他們來到一間擔仔麵攤，很快地桌上就上了兩碗麵、一道煎魚肚、一道紅燒水雞。蔡桃花滿臉壞笑藏不住，熱情地夾了一塊水雞給唐祀青。

「哎呀！這個肉好吃啊。」

唐祀青面不改色，他看著一碗看似配料簡單，但香氣卻勾起食欲的麵。一口麵滑進口中，麵、蝦和肉燥的比例完美交織，再配上一口紅燒水雞，美味的層次立刻在口中散開。

「我說這位唐先生，肉好吃嗎？那可是青蛙肉唷。」

「我知道，只是沒吃過。」

「你不怕？」

「民以食為天，任何可以入菜的食物，都是好食物。」

「說話真老啊，希望你的思維沒這麼老，不然可能我一個沒注意，你就被騙去國外了呢。」

唐祀青目光一冷，竟然被一個傻子暗諷愚笨，這他可不能忍。「是嗎？我看妳還沒參透發爐的惡意是什麼。」

「什麼跟什麼？不就是發爐嗎？你自己還胡說八道什麼冤親債主的，現在你又突然參透了？柯南啊？」

「吃飽的話，再走一趟劇團，去看看真相吧。」

蔡桃花翻了一個白眼，先不管他到底是不是真月老，她只覺得這個人自戀到不行，還一副高人模樣，看了就討厭。

不過，如果真的能解開發爐的祕密，達到安撫人心的效果，這樣對明天的初排也會有很好的幫助。她可沒少聽到那些演員們的抱怨，大家都害怕極了，覺得發爐這事非同小可。新劇的宣傳都已經發出去了，要是突然換演員，影響的層面可不小，尤其是……她肯定又得徹夜加班了！

「如果你有辦法解決，我就先讓你白吃白住一個月。」

「老闆，再來兩碗麵。」唐祀青毫不客氣。

……她這句誇口，會不會讓她傾家蕩產啊？她的月薪才幾萬塊，存款也只有六位數耶。

晚上八點多，劇團內還有過半的人沒下班，劇團屬於責任制，沒有排戲的時候，快中午進劇團即可。但若忙起來，晚上十一點下班都是常態，真的要累死人加班時，他們常常一加就是到凌晨兩、三點。

他們來到白天拜拜的地點，是位在辦公大樓三樓往外擴建的空曠外庭，每一間公司想要拜拜，都可以預約在這裡進行。

「都收得很乾淨了，你來這裡是想查什麼？」

「來看看有沒有冤親債主。」

「難不成……你看得到鬼？你不是已經變成人類了嗎？」

「我當然看不到。」

蔡桃花臉一垮，覺得相信他的自己實在很蠢。

唐祀青習慣性地伸出左手，卻發現左手空空如也。少了拐杖，就像少了身體的某部分，讓他渾身不對勁。

「早上那個道具間在哪？」

蔡桃花手一攤，乖乖帶他去倉庫，只見唐祀青在裡頭東翻西找，什麼也沒找著。

「拜拜的物品，你們都收哪了？」

「應該是隔壁那間倉庫。」

果然隔壁倉庫裡堆放著木桌，以及一箱又一箱各部門都還沒領回去的供品。從中找到了一大盆香爐，香爐已經被清理乾淨，餘下三分之二的香灰，也沒有任何雜質。

唐祀青拿著一旁的竹叉在香灰裡翻了翻，又檢查了另一旁一束一束還未使用的香。他將其中一束拆開，取出三支香後，又讓蔡桃花給他一瓶水。他將水沾濕在香的中段部分，接著再隔熱吹乾，這三支香看起來沒有異狀，但在點燃之後約一分多鐘，香突然折半斷掉了。

「斷香只是個手法。」

蔡桃花驚訝得闔不上嘴。

「而且你們用的香是人工香，又不是天然的，通常香灰留一半就好。這盆灰那麼滿，如果當時又在灰裡埋一些香腳，要發爐也不無可能。」

「發爐還不能確定是不是人為，行政同仁不比我們閒，我想他們可能也沒想過要清灰。可是斷香這件事，沒有巧合的可能嗎？」

「如果是天然貢香斷掉，那肯定是神怒或有什麼重大啟示，畢竟天然貢香很難有品質上的問題而斷掉。但一般的人工香，用材劣質、品質不均，巧合地斷掉也是有可能。」

「你這樣不是有說和沒說一樣嗎？」

「妳明天展示剛剛演示的泡水手法不就得了？妳的目的不是為了安撫人心？」

「是、是沒錯……」

「一個月包吃包住。」唐祀青清冷的臉上，難得有一絲笑意。

「你、你當下來歷劫就只有一個月啊？」

「往後會有更多機會讓我加上去。」

她被坑了，她絕對是被坑了！

Line 的語音電話來電，一看是藍導，她立刻接起。「是，導演。」

「妳在劇團內嗎？」

「我在。」

「執行製作那邊要開臨時會議，妳去一下，明天中午前跟我報告。」

「是。導演……你的手還好嗎？」

「沒什麼事。」

她很擔心導演的狀況，但又不敢表露太多。在藍海劇團內，人人對於藍導都是抱著尊敬又崇拜的心，否則也不會甘願在這樣的工作裡刻苦耐勞。

「妳喜歡導演？」唐祀青冷不防來一句。

「說什麼呢！導演那麼崇高的人是用來喜歡的嗎？是崇拜。」

「……」

唐祀青無言以對，與其說他是來負責蔡桃花的姻緣，倒不如說他是來考察一個天降奇兵是如何把他每一次牽好的姻緣，弄歪到那種奇怪的地步。

「我現在要去開會，你……你記得我家在哪嗎？嗯？等等，你好像本來就是自己找上我家的喔？走路只要二十分鐘，不遠，備用鑰匙在旁邊的雨傘裡。」

唐祀青伸出手。「我餓了。」

「你不是剛剛才吃過飯嗎？」

「甜點還沒吃。」

蔡桃花的表情簡直像是把所有可以罵的髒話都演繹了一遍，最終什麼話也沒說出口，默默地交出五百元，內心暗自盤算自己的存款真的要堪憂了。

「桃花，妳總算來了！」擔任執行助理的侯郁培急匆匆地攔住準備進會議室的蔡桃花。

「怎麼了？」

「嘉敏姐的劇本不見了！」

「什麼?!」鄧嘉敏是這次新戲的女主角，她的戲份在全劇中占有重要地位。先不說遺失後曝光劇本的風險，鄧嘉敏素來對戲嚴謹，排演前，一定會在劇本上做足準備。她的經紀人曾經看過鄧嘉敏的劇本，她在每一頁總是密密麻麻地記錄著她已經事先揣摩好的角色側記。

鄧嘉敏的劇本丟了，和商業機密丟了一樣緊急。

「知道狀況了。」蔡桃花點點頭，做好心理準備進入戰場般的會議室。會議室內行政執行和助理製作都到齊了。除此之外，行銷方面還派了公關助理來掌握情況。

「根據了解，今天中午嘉敏姐和導演吃飯時，還有拿出劇本和導演討論，之後她就收進私人包包，並將包包交給經紀人保管。」製作助理亞昀迅速將掌握的狀況和大家報告，「經紀人那邊確實也有好好保管，不過她午餐過後拉肚子，將包包放在休息室內去廁所，離開大約有半小時左右。等到兩點嘉敏姐和助理製作那邊聊完準備離開時，就發現劇本不見了。」

侯郁培起身按下播放鍵，投影上立刻投放出清晰的監視器畫面。「劇團內的攝影機就那幾個，大多設在樓梯口，只有高層的辦公室門口會加裝。離演員休息室最近的，就是這個十二樓A棟的樓梯口，在經紀人去拉肚子的半小時裡，來來往往經過的人就有二十幾個。畢竟大家如果要去技術部和行銷部，必須經過這裡。」

「看影片看不出來他們上樓梯後是左轉還是右轉，這裡剛好是個死角呢。」蔡桃花困擾地說。

「沒錯，所以現在要找到嫌疑犯真的很困難，明天排演前找到是不可能了，我們現在當務之急，是要研討對應策略。」侯郁培說完，並掃了眾人一眼。大家都憂心忡忡，心裡想著，果然是拜拜出了問題，接下來一切都不順了。

「大家別這麼哭喪著臉！如果是擔心拜拜的事，我明天在集合的時候會為大家解釋清楚，那根本是場烏龍，完全沒有不祥的意思。」

「桃花，妳已經找到原因了？」

「沒錯。現在聚焦在劇本遺失，依照我對導演的了解，這種非演員自願性的遺失，他是不會大發雷霆的。不過公關那邊可能必須先擬出一份公關稿，以防劇本真的被曝光流出時能對應，我們可以趁機提前宣傳炒作，對我們的戲未必不好。至於嘉敏姐那邊，如果有個人能拿新的劇本，在嘉敏姐工作的空檔，請她口述注釋，協助她重新補上的話，應該來得及。明天要進行排演，剛好這部分嘉敏姐的戲不多，我覺得還是有救。」

執行製作黃智群一聽，沉思一下。「桃花，妳這幾年跟著藍導，進步很多。就這麼辦。」

「謝、謝謝……」

臨時會議結束，大家分配好工作，立即解散。面對臨時狀況，他們經常是這樣分秒必爭，目的就是希望導演能在無後顧之憂的情況下，專心在戲上，其他事情就交給其他夥伴。

蔡桃花忙活一天，覺得疲憊至極，一回到家就見桌上擺著一塊閃電泡芙，是她常買去祭拜月老的那家。泡芙旁有張便條紙，寫著：「這泡芙果然還是現買的好吃，妳以前買給我的，都冰過一個晚上了吧？買太多了吃不完，分一個給妳。剩下五塊是找零。」

「這、這個吃貨……」不只是吃貨，還是個大胃王！她這小人物可供養不起這尊大神啊！

「不過，你還真的是月老啊。」吃得出是隔夜泡芙，就算是長期跟蹤狂，他也沒機會吃到她的供品。因為每次拜完，她都是當場把供品吃掉的。

她走回房間，就見唐祀青睡在她的床鋪正中央，整個人還躺得直直的，一副「這床今後歸我了」的模樣，簡直氣得她差點想對神明不敬，一腳把他踹去床底。

「忍耐啊，蔡桃花，他現在有百分之五十的機率是月老了，要真踹了，妳肯定會孤老終身。」她對著自己念念有詞，壓下衝動的怒火。最後她累得連澡都沒洗，直接在客廳的地上蓋著一條小棉被就呼呼大睡。

唐祀青等確定她睡著後，才從壁櫥中翻出一塊折疊床墊，小心地替她墊上，還順便把她沒吃的泡芙吃掉。

「活得這麼隨便，要怎麼找姻緣？還好心善，一切都好。」

他嘴唇微彎，看著那名呼呼大睡的傻孩子，盤算著接下來的日子，該如何繼續整她才好。喔不，是照拂她。

中午，當演員們全部用餐完畢後，桃花召集所有人到排練場，讓大家親眼見證不吉利的兆頭破解。「我查過存放地點了，那邊有個地方漏水，我想應該是前陣子下雨時沾到了香，所以才會發生斷香的情況。香爐也是香灰太多沒有清，才會起火發爐，我們可以把這個當成好兆頭，表示我們的戲會紅到發火！」

藍導雖然沒有反應，但眼底還是對蔡桃花露出一點讚許。

蔡桃花滿頭大汗，看著演員們的表情都放鬆不少，這就安心了。一早她因為睡過頭，匆匆忙忙地趕來，連牙也沒刷、頭也沒梳，狼狽得就像加班了兩天一樣。但看到大家認同這個解釋，一切就值得了。

「桃花。」藍導招招手。

「是。」

「劇本的事，盡快找到。」藍導語重心長。

「是！」

「還有，先去梳洗打理一下吧，辛苦了。」

蔡桃花難得被導演關心，覺得像得到嘉勉，滿心歡喜地推著道具推車離開。

她回到倉庫，只見那名人形立牌簡直把倉庫當成自己的辦公室，坐在導演椅上蹺著腿，正在閉目養神。

「被誇了？」

「嗯？你怎麼知道？」

「妳開心得連步伐都在跳舞了。」他微睜一眼，看蔡桃花的表情，就像在看一個可憐的孩子。

「反正，是你幫上忙的，謝謝你。」

「說得太慢了吧？」

「總比沒說好。」

「既然都被誇了，那幹嘛還苦著一張臉？」

「劇本遺失，那得多嚴重啊。你說，會不會真的有什麼冤親債主在作亂？你身為一個下凡的神明，難道都沒有什麼厲害的能力嗎？」

唐祀青伸手輕敲了她的額頭一下。「我說得很清楚了，我現在是個人類，妳有見過哪個人類有什麼特別能力？」

「有啊，乩童啊。」

「……」

「你神仙下凡，有個乩身也是很正常的吧。」

「與妳對牛彈琴，餓了。」

蔡桃花不服氣地哼了一聲。「忍著，排練要開始了，我得去記錄。重點是，剛剛不是已經給你吃過一個便當了嗎？豬啊！」她還是脫口而出。完蛋了。

她內心雖然懊悔自己可能要孤老終身，還是氣噗噗地走出倉庫。眼角餘光掃到那個被罵豬的月老，正悠悠哉哉地跨著他的大長腿，三兩下就追上她，一路跟著她到排練場。

蔡桃花覺得頭痛，乾脆拿了一個紀錄板給他。「你假裝是我的工讀生。」

「嗯。」

「我說你，難得來一趟人間，不是應該去外面看看、交點朋友，最好還是去找份工作什麼的嗎？你這樣跟個家裡蹲有什麼兩樣？」

「我沒有家裡蹲，我現在跟著妳在工作。」他說得義正詞嚴，她無法反駁。

「桃花，來一下。」藍導招招手，準備要開排練前的小會議。

蔡桃花懶得理他，一聽到導演召喚，她總是會立刻化身成小迷妹，把導演說的話當成聖旨。唐祀青覺得，她拜拜的時候都沒有像現在這樣誠懇。

不過，要說他什麼能力也沒有，倒也不算。畢竟當了三百多年的神明，見過的人類不勝枚舉，練成的能力大概就是懂人心而已。

第一場排演正式開始，這一場排的不是S1，而是直接排S14充滿情緒轉折的部分。蔡桃花實在很擔心嘉敏姐的筆記還沒補齊，如果在這一場失常發揮，依藍導的個性，一定會追加許多場次來訓練，這樣一來所有時程都有可能會被耽誤。

鄧嘉敏一登場，馬上展現出充滿憤世嫉俗又壓抑的情緒，彷彿換了個人。這下蔡桃花放心了。「不愧是嘉敏姐，是個演員。」

「她本來就是演員，不是嗎？」唐祀青說。

「演員有兩種，一種是表演，一種是真正變成那個角色，所有的情緒都由心生，沒有表演的痕跡。」

「蔡桃花，想不到妳對工作滿認真的。」

唐祀青又被送了一記白眼，他不為所動，本來就沒什麼情緒起伏。這趟下凡前，帝君還希望他能好好體驗人間百態，了解七情六欲，才不會有那麼多牽錯姻緣的事再發生。

嘖。他也沒有常常牽錯吧。除了蔡桃花以外，他的牽錯機率大概是百分之二十五，是四大月老裡最高的沒錯，但也算人之常情。

排練的時間總共兩小時，準時結束。鄧嘉敏略顯疲態，畢竟在同一場戲裡不斷醞釀相同情緒，和切換不同的走位，是一種精神疲勞。蔡桃花見了鄧嘉敏，罕見地沒有上前去打招呼，她裝作沒事地去和導演交接排練紀錄，刻意無視那雙曾投向自己的目光。

下班後，唐祀青哪壺不開提哪壺地問：「又不是妳害人家劇本不見的，妳怎麼像個小偷一樣心虛？」

「我哪有。」

「蔡桃花。」

「別說教了。」

「我餓了。」

「……」

畢竟她承諾過要供養一個月，不能食言。「去前面隨便吃點虱目魚吧。」

唐祀青很滿意，自從下凡成為人類，總算可以吃到除了甜點以外的食物，香得不得了。從虱目魚粥、虱目魚肚，再加點粉腸、黑白切，以及三碗滷肉飯，簡直把店裡能吃的全都點上一輪。

「你再這樣吃下去，都要把我的嫁妝吃沒了。」

「放心吧，我會對妳負責。」

「負、到底是要負什麼責？難道你歷劫是要來娶我的嗎？」

「嗯？我以為是。」

「把嫁娶當成是歷劫，我難道是什麼妖魔鬼怪？」

唐祀青一臉「原來妳不知道」的表情，正經得令人受傷。蔡桃花更是氣得一口血差點沒噴出來，瞬間沒了食欲。

「你這種追人方式太爛了，你絕對找不到老婆。」

他一聽更是納悶了，他又沒有要追她，他來就是要為她找不到另一半的下半生負責而已啊，真是個奇怪的孩子。

蔡桃花沒心情和他雞同鴨講，確認手機訊息後，她抬頭看了看眼前的吃貨，有了一個大膽的想法。

「你吃我這麼多飯，**是該付出點體力了**。」蔡桃花面露壞笑地說。

唐祀青一口魚卡在喉嚨差點吞不下去，付出體力？難道是……

「雖說我會娶妳，但我跟妳還沒正式結婚，所以……」

蔡桃花早就溜去付錢，走回來打量了他的身子後，很是滿意。「我終於在你身上找到優點了，長這麼高，力氣看起來也大，一定很好用吧。」

唐祀青整個人僵住，由於他面無表情，外表看不出來，但此刻他的內心根本是如臨大敵、波濤洶湧。他是人類了，已經不是神了，所以如果真的發生什麼，好像也無大礙？

怎知一切都和他想得完全不一樣。回家後蔡桃花只要他早點梳洗、早點睡，還幫他買了幾件輕便的衣服，給他隔天換上，不然他已經穿著這一身普通的白衣黑褲好幾天了。

她對他異常親切，親切得令人發毛。

不只如此，隔天早上，蔡桃花甚至還為他買了蛋餅、燒餅油條，和煎餃等豐盛的早餐。

「趕快吃啊，吃飽一點才有力氣。」

直到中午，他被帶到台南文化中心，她慎重地和一群陌生人介紹：「各位，他叫唐祀青，是個對劇場非~常有興趣的朋友，他什麼都能幹，能扛能搬還能當公關，今天的門面就靠他了！」

「桃花，極品啊！虧妳找得到這樣的幫手。」美英阿姨立刻大力拍著唐祀青的背，差點沒把他的早餐給拍出來。

唐祀青望著那名把他賣了的罪魁禍首，瞇起眼，居然敢算計他？這孩子膽子真的是越來越大，都忘了他是……他是個人類。

「加油喔，青青。」

他一定會想辦法快點和她結婚，然後好好奴役她半生！

唐祀青雖然看似被賣掉，不情不願地被拉去做各種工作，但卻意外地很快就上手。蔡桃花很滿意，心想他這個苦力當得真不錯。唯一不滿的就是在面對觀眾時臉太臭，美英見了立刻把他拉到別處去幫忙。

「歡迎來看戲，1號門的話請往這邊。」蔡桃花熟練地指引觀眾，順利在開演前將所有觀眾導引入場。

「桃花，妳也來幫忙啊？」黃郁親從二樓下來，很意外能見到同劇團的人也來別的劇團當義工。

「被叫來救火啊，妳也是被美英姐叫來的吧？」

「我是早就報名這場的義工了。」

「哇，舞監助理不是很忙嗎？妳居然還有力氣當義工。」

「彼此彼此，妳也是啊。」兩人心領神會地笑了笑，「不進場看戲？」

「今天沒辦法，我還帶著朋友一起來。」蔡桃花指指那個人形立牌，唐祀青一忙完又將雙手放在背後，像個監工似地看著別人。

「確定不是因為還有其他事沒解決才不能看戲？」黃郁親挑挑眉，「是說妳那位朋友滿帥的。」

蔡桃花對著唐祀青招招手，在戲結束前，他們大約有兩個半小時的自由時間，以那個吃貨的體力，現在大概已經在思考下午茶要吃什麼了。

「我都不知道那件事已經傳開了，妳是想套我話嗎？」

黃郁親沉下了臉。「大家同事那麼久了，妳還不了解我？我只希望劇團好。」

唐祀青走到兩人面前，覺得這兩人的氣氛相當詭異，像是彼此有防備，但又多了幾分熟稔。

「我們去買『於是麵包』，然後再慢慢聊吧。」蔡桃花提議。唐祀青聽到吃的，覺得辛苦半天都不重要了。

他們只排了十五分鐘，就買到了好幾個品項，有早安橘子、早安草莓、可可捲和海鹽捲等，買完麵包他們便散步到台南公園，坐著慢慢享用。

今天的天氣真好，舒適的春天溫度，即使陽光刺眼，但也不會太熱。

「是郁培告訴我的，畢竟出了這種事，不可能是外人做的，只能是我們內部的人，所以她告訴我，也是希望我能幫忙查查。」

「只能是內部，不能是外部嗎？」唐祀青提出疑問。

「當然啊，要進來劇團一定要有門禁卡，進去任何一層樓或是任何房間也都要刷卡。」

「那怎麼不查刷卡紀錄就好了？」

「我們為了確保演員的隱私，演員休息室的門是鑰匙鎖。」蔡桃花補充。

「既然是鑰匙鎖，那直接調查擁有鑰匙的人不就好了？」唐祀青一臉自己最聰明的表情，惹得蔡桃花很不高興。

「鑰匙一般來說只配三把，當天演員進來劇團時就會去總務領取鑰匙。那天鑰匙只出借兩把，另一把從頭到尾都沒離開過總務保管室，已經調監視器確認過了。」

黃郁親皺著眉。「這樣聽下來，不覺得嫌疑最大的是總務嗎？因為只有他們可以偷偷多打鑰匙而不被發現。」

「就這樣直接懷疑總務，他們也太衰了，誰會監守自盜做這麼蠢的事？我要是犯人，一定不是總務的人，然後一定要做得像總務幹的，這樣就有人能背鍋了。」

蔡桃花一說完，就覺得自己特別可疑，連忙解釋，「我是假設，不是我喔。」

「蠢。」唐祀青滿口麵包，還不忘吐槽。

「你現在看起來比我更蠢。」

「你們都別吵了，都吵一整路了，我頭好痛。」黃郁親忍不住插話。要不是現在終於開始談正事，剛剛黃郁親一直被夾在兩人中間，聽著他們一來一往的對話，耳朵嗡嗡作響，頭疼死了。

唐祀青優雅地用面紙擦擦嘴，說：「蠢歸蠢，妳倒是說到了一個重點，『如果是犯人的話』會怎麼做。妳們兩個雖然不同部門，但工作量應該都很大，在這種工作量下，還會願意在假日來別的劇團當義工。可見會在劇團工作的人，大多對戲劇很有熱忱。」

「當然。」兩人異口同聲地回答。

「那就假設，犯人也是個對劇團有愛的人。」

「不可能，要真是這樣，為什麼要做這種事？」黃郁親立刻反駁。

「所以才要妳們用犯人的角度想想看，如果有一天輪到妳們，為什麼會做出這種阻礙？是基於什麼原因？也許找出原因，就能找到劇本的下落了。」

蔡桃花眉頭皺緊到都快可以夾死蚊子了，拿在手上的麵包一口都沒吃，甚至連被唐祀青悄悄拿走吃掉，她也沒發現。

「有沒有可能，犯人不想要嘉敏姐演這部戲？不認同她？所以想要阻礙她？」

蔡桃花只能想到這個。

「可是阻礙她的話不就會讓這部戲開天窗嗎？我們官宣都發出去了，演出日期也和主辦方定好了，只因為討厭演員就要讓劇團產生危機？」黃郁親不可置信，覺得犯人的惡意太過張揚。

「不會啊，又不是沒發生過官宣出去換角的，之前《愛在日落》巡演到一半，男演員中風，後來不是緊急調另一位老戲骨救場？」蔡桃花馬上舉例，「不過，我真的不是犯人喔！」

「知道了。桃花，妳再這樣下去，真的會變蠢。」黃郁親忍不住毒舌。

唐祀青很滿意黃郁親，覺得終於有人懂了。

「既然下手的是個愛劇團的人，單純只是因為不喜歡女演員的話，在不傷害劇團的情況下，妳們覺得他會怎麼處理劇本？」唐祀青再次點出重點。

此時兩人互看一眼，立刻有了答案——「碎紙機！」

黃郁親發揮舞監的直覺說：「離演員休息室最近的碎紙機，就是器材課的辦公室，而且從演員休息室往右走，是不會被監視器照到。」

蔡桃花眼睛一亮。「那還等什麼，出發！」

「妳們兩個，等等不是還要回去文化中心當義工嗎？」

「啊……」

唐祀青覺得，蠢的人可能不止蔡桃花一個。這些劇團的人，怎麼衝勁一上來，什麼都忘了。

他把兩個很想蹺班的傢伙領回文化中心，他怎樣都不可能讓蔡桃花丟他一個人在這裡做苦力。等他們好不容易熬到散場結束，還幫忙了立板的拆除和搬運後，唐祀青甚至來不及發難說想吃晚餐，就被帶回藍海劇團。

「事發在前天，不知道會不會已經被清掉了。」蔡桃花有點擔心。

「器材課的人很少用這台，我覺得不用太擔心。」

蔡桃花盡量不讓自己跑起來，兩人保持鎮定地來到器材課。好在因為是假日，來劇團的人不多，尤其是器材課都沒半個人來。他們就這樣大剌剌地刷卡進入，拿出碎紙機的垃圾袋。

由於鄧嘉敏在劇本上做了相當多的筆記，畫了螢光筆、原子筆等各種顏色，果然她們只翻了一下就找到劇本了！

「真的在這！」

唐祀青雙手環胸，很是滿意。

蔡桃花鬆了一大口氣，「太好了！沒有外流！」

「謝謝你的幫忙。」黃郁親立刻向唐祀青道謝。
「這才叫作道謝迅速，妳的謝謝呢？」
蔡桃花一聽，臉馬上皺成一團，她實在很不想跟這個行走的胃袋說謝謝。
「ㄒ……ㄒ……先趕快去吃飯吧，你餓了吧？」
「對，滿餓的。」
「這一袋就先放我這，我晚點再聯絡行政，今天謝謝妳幫忙啦。」
「好，快帶他去吃飯吧。」黃郁親雖然不知道那個男人到底是蔡桃花的什麼人，但現在看來，滿像是她的債主。
唐祀青看著這個自以為聰明的小傢伙，覺得好笑。不想說謝謝就轉移話題帶他去吃飯？好像沒什麼不好的，而且他發現她的眉頭終於舒展開了，很好。
「我想吃鐵板牛排，今天路過的時候，看起來不錯。」
「那個很貴耶，你只能吃一份。」
「……兩份。」
「不行。」
「是我引導妳們找到的。」
「……該死的。」她蔡桃花終究倒楣到這種程度了吧，她本就名中有桃花，命中爛桃花了，現在還把這尊大神逼到家裡來虐她，真的會瘋掉。

等等，她怎麼已經完全相信他就是月老了？

她偷偷瞄了一眼唐祀青，覺得他走路頗有仙氣，一舉一動都像個高人，除了吃貨病犯的時候以外。

「唐祀青，你真的是月老嗎？」

「本來是。」

「我害你歷劫，你會不會恨我？」

「妳說呢？」唐祀青似笑非笑，明明是那種帶著冷意的笑容，但看在綦桃花的眼裡，卻覺得這個笑根本人間凶器，誰看到誰昏倒，心臟一揪，立刻別過眼。

「那、那就讓你吃兩份吧。」

「很好。」

S2

場景：辦公室
時間：凌晨十二點
角色：陳山茶、小陳山茶、某導、某女演員

△燈光漸亮，陳山茶振筆直書，不斷發出書寫聲。
△某ＯＳ：余導真的好有才華，不愧是那位導演的兒子。
△某ＯＳ：聽說余導下部戲也是要改編名作。
△某ＯＳ：他什麼時候才要推出自己的劇本？
△某ＯＳ：厲害的人，不必親自寫劇本，也能編導得好。
△陳山茶將筆記本用力撕下一頁，並且揉成球丟棄。
△小陳山茶、某導、某女演員上。

某導：我不要這種刻板印象的表演，我要妳感受這個角色。妳今天就是她，妳要活成她，而不是演她。角色準備這麼不足，妳以為妳是來演話劇的嗎？

某女演員：導演對不起，我再來一次。咦，那邊那個小孩是？

某導：妳是從哪裡跑進來的？

小陳山茶：對不起，我迷路了。

某導：沒關係，妳是和家人來的嗎？

小陳山茶：對，我們是來看戲的，等等會看到你們剛剛演的戲嗎？

某導：不是，不是我們現在排的這齣，不過妳等等要看的戲也很棒，妳喜歡戲嗎？

小陳山茶：喜歡！我覺得台上的大家好厲害，比電視還厲害。

某導：可是妳要知道，如果想和這位姐姐一樣厲害的話，其實背後是要付出很多努力才有可能變得厲害喔。

小陳山茶：我覺得你更厲害，你剛剛教了那個姐姐。

某導：如果妳長大後還是喜歡戲，記得來找我教妳吧。

△燈光打在陳山茶上，其餘光漸暗，其餘演員下。

陳山茶：那次的誤闖對我影響很大，雖然我長大了，那位導演也不在劇場了。可是從台前看戲，闖到戲的背後，對我的衝擊就像看到一塊蛋糕在成型前，需要經過多少道繁複的作業，才能變成一塊夢幻美味的蛋糕一樣。我也很想要試一試，親自參與一齣戲的創作，和每一個環節，然後看自己的戲在台上完美地演出……但我……也許沒有天分，連一齣戲，也寫不好。但又怎樣，那個人還不是跟我一樣。

△燈暗。

「膨風湯，源自於十七世紀由荷蘭引進台灣，也可以稱為荷蘭豆。身為府城人，吃香腸熟肉配一碗膨風豆仔湯是必備。作法看似簡單，其實大有學問，以大骨湯搭配風乾的荷蘭豆，再加入蘿蔔、炸豆腐。關鍵就在熬湯的火候掌握，掌握得不好就會沙沙的，不好喝。」黃郁親解說完畢，唐祀青早就喝完一碗，又再叫一碗了。

「郁親，妳別對他浪費口水了，他又沒在聽。」

「誰說的？我有在聽。以前的人會管這個湯叫作膨風豆，是因為吃了會脹氣。那時大家都窮，喝這碗湯當早餐，有飽足感就能下田幹活。」唐祀青面不改色地補充，筷子卻沒閒下，一下子就把整盤切的肉、香腸等小菜吃光光。蔡桃花才吃一口香腸就發現什麼都不剩了。

「非常正確。」黃郁親滿意地點點頭，她雖然才二十六歲，卻對於自己身為台南人感到相當驕傲，對台南的歷史簡直如數家珍。

唐祀青仔細端詳了黃郁親的容貌，面向端正、眼睛大小適中，嘴角雖然略微下沉，但眼神清透，頭髮及肩，一看就是能好好配對的人選。他再看看旁邊的蔡桃花——及腰的頭髮亂七八糟地綁起來，眼睛大卻顯得愚笨，個子不高，嘴唇豐厚，情感過甚，真是越看越……

「你瞪大眼這樣看我們兩個是什麼意思？打量我們？」蔡桃花筷子一擺，光是想想就氣，好不容易放個假，唐祀青偏偏要黃郁親還人情帶他來吃飯，害她連多睡一下都不行。

「只是在看面相。」

「你還會看面相啊？桃花，妳朋友真是個有學問的人。不過……他是妳男朋友嗎？」

「只是個寄住在我家的寄生……喔不，是寄住的表哥。」

「難怪你們感情那麼好，昨天太緊急了，都沒時間好好和你們多聊，今天這餐你們盡量吃。老闆，再切一盤大份綜合小菜。」

唐祀青非常滿意，覺得一定要請大天后宮的厚生月老幫黃郁親牽個好姻緣。他這麼一想，才驚覺這次他突然下凡，還沒來得及和祂們打聲招呼。

此時老闆端上大盤熟肉，但唐祀青的筷子卻不動了。

「怎麼了？吃太撐肚子痛？」蔡桃花趕緊趁這時狂塞食物。

唐祀青看看黃郁親，又看看蔡桃花。「等等吃完飯，蔡桃花妳陪我去些地方。黃小姐，雖然今天很想帶妳一起，但有些不便。」

「你不用這麼客氣，叫我郁親也可以。」

「好的。」唐祀青禮貌點頭。蔡桃花才吃了幾口肉，又跟不上唐祀青掃食物的速度了，一眨眼他就把整盤肉吃光光，簡直和平常吸取貢香時的速度差不多。

送走黃郁親，蔡桃花摸著還有點扁的肚子，心想著如果她最近瘦了，絕對是唐祀青的功勞。

「要去哪裡？」蔡桃花發動機車，順手遞給他安全帽。唐祀青一開始還不習慣戴安全帽和跨坐機車，經過幾天適應，現在已經駕輕就熟了。唯一的問題就是——他腳太長，坐上機車時，雙腿一彎整個包覆在蔡桃花左右，都快把她淹沒了。

「先去大天后宮。」

「你要去找朋友？可是你現在是人類耶。」蔡桃花聽他不回答，只能乖乖載客前往目的地。

抵達大天后宮，蔡桃花跟著一起點香，恭敬地按照順序將每一尊神明都拜過一遍。等唐祀青都打完招呼後，悠悠地回到後殿，對著福德正神和月下老人的神壇鞠躬，並拿起旁邊的筊，連續丟了三個聖筊。

「謝謝土地公。」

「你問了土地公爺爺什麼？」

「我請祂幫忙把大家叫來開會。」

「開什麼會啊？你又看不到祂們。」

唐祀青只淡淡地說：

「妳等等最好恭敬一點，一次得罪四個月老，對妳沒好處。」

蔡桃花受夠地翻了白眼，她蔡桃花八字硬得很。拜神拜了這麼多年，就算這次因為痛罵神明而罵來一個月老，但她對於這個人的身分還有待商榷，又不是在拍什麼奇幻劇，還真的能讓她開天眼啊。

突然一陣風吹進後殿，風大到香爐裡的香忽然滅了一瞬，但很快又復燃了。隱約中，逐漸有談話聲在後殿繚繞著，蔡桃花挖挖耳朵、揉揉眼睛，眼前的景象竟然慢慢地浮現出幾個人影，而且輪廓越來越清楚。

一名大概十歲女孩模樣的孩子俏皮眨眼，一手抱著醋矸，一手拿著竹棍隨意攪拌，嘴巴還叼著一根棒棒糖，祂正饒富興味地打量唐祀青。「嘖，怎麼沒多長出一隻手啊。」

「或是臉上多個胎記也好。」穿著一身西裝、戴金框眼鏡的男人，補了一句。

「你們少說了兩句，應該問他怎麼沒一下凡就摔個半殘。」一名看起來只有二十多歲的女人出現，祂手上拿著一圈厚厚的紅線，一頭銀髮和幾根紅線交纏在一起，臉上的黑眼圈看起來異常嚇人。

唐祀青確認都到齊了，對著神壇說：「謝謝。」

「把我們找來，又要讓我們現身，你知不知道這樣多耗體力？」銀髮女人抱怨，祂就是大天后宮的厚生。

「她會幫祢們買單，晚點我就讓她三間廟都去拜一輪，獻上供品。」

「看來你找到一隻不錯的肥羊啊？」甜妹身為重慶寺的月老，立刻湊到蔡桃花跟前，「我喜歡吃酒釀棒棒糖，妳能買得到？」祂雖然綁著兩隻馬尾、抱著醋矸，但耳朵上卻戴著和神明形象不符的耳罩式黑色耳機，還隱隱約約可以聽見流洩出來的音樂是重金屬類型的音樂。

「我吃食不忌，妳能多帶點人一起去拜會更好。」大觀音寺的子正說。

「祢、祢們……祢們……我……」蔡桃花呼吸越來越急促，臉色越來越蒼白。

「孩子，別怕，我們都聽過妳，妳有幾任男朋友還是子正介紹給祀青的。」

蔡桃花一聽到關鍵字，立刻冷靜下來。「是哪幾任？」

「祂都喜歡介紹電子業或製造業的……」

蔡桃花仔細想了想。「您人還真不錯，那三位是我交往過的，還算正常人。畢竟詐欺犯又沒詐欺我，劈腿也不算傷害我。」

「咳，那些都是祀青說要牽的，和我無關。」

蔡桃花笑容一僵，簡直恨不得把唐祀青生吞活剝了。

「我們現身時間有限，肥羊有話快說！」甜妹掐指一算地說。

「甜妹。」唐祀青壓低聲音喊了一聲，甜妹不甘願地翻了白眼，閉口不言。

「我想問，我現在的肉身和她有牽在一起嗎？」

「把我們三個叫來只為了問這個？你怎麼不擲筊就好了？你知道我多忙嗎？」上一秒還溫和有禮的厚生，這一秒立刻變得眼睛泛紅、銀髮也炸開的模樣，嚇得蔡桃花都不敢直視。

「我還想問，我不在了，祀典武廟的信徒怎麼辦？」

厚生簡直像是在變魔術，才剛剛炸毛的樣子，眨眼間立刻收起，眼睛也不紅了。

「都暫時分給我們三個了。」

「我大部分的信徒，可是要打小三的。但是厚生只會牽線，甜妹只會攪醋研，子正的話可能還行。」此話一出，不只厚生又變身了，連另外兩位神明都變得張牙舞爪，外頭也風雲變色，好好的晴天瞬間變成陰天。

「唐祀青，你這人會不會聊天啊？有沒有點同理心、同事愛啊？你這就像沒交接突然請了一個月去度假，已經爆肝的同事還要替你分擔工作。結果你還不滿意，嫌東嫌西，做人要講良心耶。」

三神一聽蔡桃花的罵詞，全都將她圍起來。

「哎呀，這孩子真乖。」

「真是個性格不錯的小羊，以後妳的愛情我罩了！」

「是啊，這麼好的女孩，怎麼能到現在都沒個好緣分？我去替妳說媒一個。」

「唐祀青就是一個沒良心的，我們這些年同事，每次開會都要被他氣死了。」厚生可憐兮兮地抱怨。

「而且每次開會說不過，他還會拿拐杖跟我對打，有次我的竹棍差點被他弄斷，不道歉就算了，還搶了我的酒糖！」

「他還老是要我幫忙去他那兒說媒，說不成就怪我，像妳的事，他就怪過我幾回了。」

蔡桃花從三神中間探出頭。「唐祀青，你不只是個爛同事，還是個垃圾耶！怎麼可以霸凌同事？」

唐祀青面無表情的臉，越來越陰沉，他手一舉，三神立刻跳離一尺，紛紛閉嘴。

「阿青，別胡鬧了。」神壇裡發出聲音，唐祀青才默默收回手。

厚生原本還想多說兩句，似乎是時間已到，三神嘰嘰喳喳的聲音漸漸飄遠，身影也漸漸變淡消失。外頭天空轉陰，像是飄來的烏雲又飄走似地，太陽又露臉了。

「至少你的同事有幫你分擔，說句謝謝會死？」

「跟妳一樣。」短短一句，就堵得她啞巴吃黃蓮，「載我回家。」

「不是還要去那三間廟拜拜？」

「當然是妳自己去。」

「唐祀青活該你人緣這麼差！」

「回來時記得供品不準偷吃，通通給我。」

「憑什麼？」

「憑我也是月老。」

「是前月老！」

她的美好假日果然泡湯了，他到底知不知道身為一個社畜的星期天有多珍貴？不但錯失補眠的早晨，現在她還要耗費一整個下午去進香。

「我一定是被神討厭了吧。」此話一出，桌上的筊突然掉到地上，是一個怒筊。

「說錯話了，快跟土地公道歉。」

「土地公爺爺很抱歉，我知道我還是受眷顧的，請原諒我失言。」蔡桃花偷看著神像，她覺得土地公的神像好像比剛剛看起來更祥和了，肯定是原諒她了。

她轉身，唐祀青已不見蹤影，個子那麼高的人，早已去外面坐上機車等待。

「不過，他真的是月老啊。」她這段奇妙的經歷，也許能給會寫劇本的人一點靈感，把她荒謬的奇遇搬上舞台劇，搞不好會很好看。

藍海劇團的排戲方式和其他劇團不同，別的劇團排練前四場都是在讀本，並且幫助了解角色。但藍至梏的方式不同，他會在第一、二場讓所有登場的演員隨機表演劇本其中一段。目的是考驗在正式讀本前，演員對自己所要扮演的角色是否有一定程度理解。

通常理解不深，甚至完全沒做功課的演員，他不會破口大罵，也不會說什麼。但接下來的每一場排練，他會對那名演員特別嚴格，無論演得再好，他都會挑剌。曾經有人演到自律神經失調，演到心裡有陰影再也不敢碰舞台劇。這些傳聞當然也不脛而走，接演藍海劇團的演員，也很少再有那種不專業的情況了。

此時藍至梏看著前面兩場的排練影片，手拿著蔡桃花的排練紀錄。整個導演室裡坐了五、六個人，卻沒人敢發出一絲聲音。

「嘉敏的狀態不對。」

蔡桃花冷汗直流，深怕鄧嘉敏會被盯上。

「她演得太用力了，不像她平時的表現。」藍至棓頓了頓後，又說，「桃花，妳告訴她讀本時不要太用力，會影響別人。下次第五、六場排練，我要看到她的角色側寫。」

一場只有「是、好、沒問題」幾個字來回應對的會議結束，所有人都鬆了一口氣。

「桃花，等等。」蔡桃花又被叫住。

「導演，什麼事？」

「妳最近都會帶男朋友來幫忙？」藍至棓的表情看不出端倪，語氣也很話家常。

「他只是我的表哥，目前有困難暫時借住我家，然後因為沒有工作，就讓他來**免費**幫忙。導演對不起，如果不方便，我請他立刻回家。」

「劇團很缺人手，免費就太過分了，妳讓他去總務那裡填寫新進員工資料，他可以先以工讀的方式來劇團工作。」

「好、好的。」

蔡桃花離開辦公室後，卻遍尋不著那個人形立牌。她到處問了幾個人之後，更是吃驚，沒想到人形立牌居然跑到演員休息室去了！

「所以，妳是說這邊我上台前得一直跳跳繩？我怕這樣太喘，到時候台詞咬字會不清楚。」

「如果妳可以克服，那這場戲一定會很精彩。」

蔡桃花一進演員休息室，就看見鄧嘉敏和她的經紀人在討論戲劇表演。唐祀青則正在吃麵包，顯然那一定是從鄧嘉敏那要來的。

「桃花，妳來啦？導演怎麼說？」

「嘉敏姐，他怎麼會在這？」

「他說他是妳的朋友，很想知道這部戲在演什麼，想跟我借劇本，妳也知道這個東西現在不好外借，所以我就請他過來這裡看。」

「你居然還跟嘉敏姐借劇本？」他們好不容易才確定之前遺失的劇本沒有外流，要是鄧嘉敏的新劇本這次再弄丟，對鄧嘉敏的影響一定會很大。

「不能借？」

「當然沒有，我平常很受桃花照顧，桃花的朋友要看，一定能看。」鄧嘉敏笑著說。

「那你不看劇本在那吃什麼麵包？」

唐祀青很無奈。「那個劇本我真的看不懂，只有對話是什麼意思？真無聊。」

蔡桃花忍住想爆罵一頓的衝動。「嘉敏姐，我們還是在讀本開始前，先來跟妳說導演要求的部分吧。」

「妳們聊，我先去打個電話。」經紀人絡其先離開。

唐祀青還是有識相的時候，比如蔡桃花認真工作時，他發現她對這個工作真的很有熱情。看著她，不禁想起以前第一次覺得人類很討喜的原因。

努力的人類很漂亮。用「漂亮」來形容或許用詞很怪，但每次看到熱愛工作，全心投入工作並奉獻的人時，他都覺得他們把自己的生命，活成了最耀眼的狀態。蔡桃花，此刻就是這樣。

「真是變了很多。」唐祀青更想起了某一年，蔡桃花坐在梅樹下無聲地悲傷，眼淚一滴滴落下，她的眼神卻空洞到彷彿任何生物掉進去，都再也出不來。

那天，是蔡桃花第一次真正的失戀。

畢竟蔡桃花求來的桃花，全是她主動分手的。唯獨那一位，說走就走的人，是對方。

「唐祀青——！」

「耳朵聾了，妳負責？」

「誰叫你突然動也不動。我們要去大會議室，你如果要跟只能在後面站著。」

「唐先生，一起聽讀本的話，你就會知道這是個怎樣的故事了。」鄧嘉敏微笑，她的笑容雖然看起來有訓練的痕跡，但看人的眼神卻很溫暖又真誠。

「那麼，藍海劇團第九號作品《聖誕夜奇蹟》第一次讀本，止式開始。」由蔡桃花主持開頭後，便將主場交給導演和演員們。

《聖誕夜奇蹟》是一齣相當溫暖的戲，故事劇情是每天晚上都會獨自在家的小男孩，某天碰上了原本要來闖空門的男人，男孩知道男人是小偷，而男人也因為一時心軟，不打算偷取東西就要離開。

男孩說：「你可以陪我寫功課嗎？我有幾道題不會寫，又沒有人可以教我。」

男人說：「叫你爸媽教你。」

「我沒有爸爸，媽媽晚上都不在家，我永遠碰不到她。」

「怎麼可能？」

「是真的，每次晚自習放學，媽媽已經出門了。我一早去上學時，她才剛睡，我……已經很久沒有和媽媽說話了。」

「小小年紀不能說謊啊，就算你媽媽的工作是夜班性質，難道都沒有休假嗎？」

「沒有，我上次跟她說到話，是中秋節的時候。」

「中秋節？」

「我媽媽只有在過節的時候才會醒著在家。」

「今天是聖誕夜，她怎麼不在？」

「聖誕節不是節，是行憲紀念日。」

「小小年紀還知道行憲紀念日。」

「是我媽媽告訴我的，她說行憲紀念日不叫過節，叫作紀念日。」

「你哪幾道題不會？」

男人因為心軟，也想到自己也是個過苦日子的人，不想讓一個男孩，連對聖誕老人的期待都沒有，就這樣孤零零地過完這天。男人留下來陪他寫作業，男孩還貼心地給他泡泡麵。

「我是小偷，你知道吧？」

「我知道，我知道，我媽媽的錢都放在書本裡面，每一本書裡都有錢，她說書中自有黃金屋。」

「你告訴我這個幹嘛？」

「你是小偷，那裡面的錢就是你的收入呀。」

「人小鬼大，我要走了。」

「你還會再來嗎？」

「不會。」

男人嘴上那麼說，但其實從那個晚上後，他闖空門後，都會趁夜去偷偷看男孩。有時看他踢被子，就幫他重新蓋上；看他又吃泡麵，就做些三明治放進保鮮盒裡。

後來寒流來襲，晚上低溫降到只有五度。他發著抖來到男孩家，發現男孩發燒了，他照顧了男孩整晚，直到快天亮才離開。隔天晚上他又偷闖進去，便發現男孩正睜著眼在等他。

「你好了？」

「好多了，謝謝你照顧我。」

「我只是不想看到屍……咳，就是這樣。」

「你可以常常來找我嗎？拜託。」

「我是小偷。」

「書櫃有你的薪水。」

當一切逐漸往一個溫馨又詭異的方向發展時，某天女人突然在晚上九點多回家了，正好撞見正在教男孩寫功課的男人。

女人一登場，相當激動且歇斯底里。「滾！滾出我家！快滾！」

男人匆匆離開，男孩嚇得話都說不出來。

原來女人每天晚上都離家，其實只是去對面大樓的同層公寓。從那棟公寓的房間窗戶，正巧可以看到男孩家的客廳，透過挑高的落地窗能將室內看得一清二楚。

女人也早在男人出現的第一天，就知道他的存在了。只是礙於女人正陪著包養者，無法隨意離開。畢竟她的包養者是個說一不二的人，如果不乖乖服從命令，房子隨時會被收回，她和男孩都會流落街頭。

「以後不准再讓他進屋！他是壞人。」

「他不是。」

女人也知道兒子的辯解是事實，但她還是無法忍受自己的地位被一個闖空門的小偷給奪走，她只能用偏激的方式驅逐外來者。

就這麼過了好幾個月，經過了春夏秋，又到了寒冷的聖誕季節。男孩其實有一點點期待，男人可能會出現，但女人為了預防小偷再次登門，難得爭取到聖誕夜能夠在家。

就在那天晚上，發生了地震，偏偏男孩的家因為建商偷工減料，整棟建築崩毀，半邊倒塌，男孩的家幾乎毀損。大樓搖搖欲墜，本該幸福的聖誕夜裡，卻四處傳來哀鴻遍野的聲音。

「喂！你在嗎？我是小偷。」

「我家今天，沒有薪水了。」男孩的微弱聲音從瓦礫堆中傳出，男人掀開一張破爛床板，只見女人死死地抱著男孩昏了過去，母子都平安。

「我以後不當小偷了。」把他們都救出來後，男人這麼說。

「那你要當什麼？」女人不滿地問。

「我可以當他的家教。」

「為什麼不能當我的朋友？」男孩不解。

「好，就當朋友，當朋友教功課是理所當然的，不能收費。」女人算盤打得好，這同時也代表了，她認可男人的存在。

第一、二場的讀本結束。

演員們都相當疲憊，尤其是鄧嘉敏，看似戲份不多但幾乎都是獨白戲。她所擔任的「女人」一角，明面上的戲份看似很少，但為了詮釋角色內心的糾結、不安、嫉妒、崩潰等複雜情緒的戲卻很多。時而掙扎在情婦身分，時而掙扎在無法當好母親的痛苦中，每一場戲，都需要瞬間的情緒爆發力。

蔡桃花和唐祀青一起收拾善後，趁著四下無人，她驕傲地說：「怎麼樣？我們的第九號作品很棒吧？是齣好戲吧？」

「勉勉強強。」
「你什麼意思？」
「覺得哪裡怪怪的。」
「你才怪怪的、你全部都怪怪的，你連長相都怪怪的！」
「如果真是這樣，妳為什麼老是看著我的臉流口水？」
「啊啊啊啊啊！」蔡桃花羞恥地奔出會議室。唐祀青則面色鐵青，這麼多人使用過的杯水，都他一個人收？他晚上必須要大吃特吃。

等到唐祀青都整理完後，他去導演組找蔡桃花。
她倒好，居然趴在桌上呼呼大睡。
「蔡桃花。」
「嗯？誰啊？」
「妳的債主。」
蔡桃花一驚，立刻抬頭，看到氣得臉黑的唐祀青，她抽動嘴角，打開錢包確認銀兩是否還夠。

「太累了嘛，不小心就睡著了……要不是你昨天讓我去四處拜拜，我今天也不會這麼累。」

「狡辯是不好的品德。」

兩人吵吵鬧鬧地準備下班，才剛走到一樓，就撞見驚人的一幕——

「我就說我不要吃、也不想去！」

啪啦！

黃郁親一把將婦人手上的保溫鍋拍掉，鍋子裡的雞湯四溢，婦人也因為突如其來的舉動而愣住，神情受傷。

「我知道了。」婦人撐著最後的尊嚴，沒有去撿鍋子，而是默默離開。

「媽……」黃郁親滿臉懊悔，卻也踏不出步伐追出去。

唐祀青的動作很快，他在湯鍋灑出的那瞬間，迅速轉身到一樓打掃間裡拿出拖把和垃圾袋，並塞給蔡桃花。

「幹嘛？」

「打掃，我剛剛可是一個人整理了整間會議室，該妳了。」

「一樓又不是我負責的。」

唐祀青露出一臉「此人果然沒有同事愛」的表情，逼得蔡桃花只好乖乖去打掃。

「桃花，我自己來就好。」

「一起整理比較快。」

黃郁親的嘴唇紅腫，似乎是為了不掉眼淚，死命咬住的結果。

「讓你們看笑話了。」

「那是妳媽媽啊？」

「嗯。」

「我要是那樣對我媽，她肯定揍死我。」蔡桃花笑說，「我媽以前最常在社區追著我打。喔對了，就連我挑食亂吐東西，還會被一拳揍到流鼻血呢！」

「妳媽真是個性情中人。」黃郁親的表情放鬆下來。

「你們組應該開始忙了吧，快去忙吧，拖把我拿去放就好。」蔡桃花說是這麼說，但卻把東西塞回去給唐祀青。

「如果愧疚的話，就打個電話道歉。」唐祀青皺眉。

「不是的，道歉也沒用，我媽她大概要看到我真的去相親了，才會原諒我。」

「相親？」

「對啊，她剛剛又來逼我，說她週末又約了人，叫我一定要到，還叫我一定要喝完雞湯，面色紅潤才能招桃花。我們新戲正在忙，哪有時間去相親啊。」

「這傢伙倒是時時刻刻都能去拜月老、談戀愛的喔，可謂經驗豐富。」唐祀青立刻爆料。

「你少說兩句會死啊。」

「拜月老？桃花，妳都去哪裡拜月老，靈嗎？」

「靈！靈到月老都到府服務了。」

「哪一間？」黃郁親一掃剛剛不想相親的模樣，此刻的態度異常積極。

「祀典武廟。」唐祀青伸出手往東南方一指，「往那去，就會到。」

「你們能陪我去嗎？」

天才剛黑，桃花算一算，還不到不能拜拜的時間，也不是不可以，只是她覺得黃郁親反覆無常的態度太奇怪了，剛剛都還為了不相親而打翻媽媽的補湯，現在卻想拜月老？

三人結伴回到祀典武廟，唐祀青很開心，這就像回到家一樣，不過經過前殿看到關聖帝君的神像們，他還是有點忌憚。

黃郁親依照蔡桃花的教學祭拜，準備的供品全是甜滋滋的蛋糕，一旁的唐祀青看似面無表情，腸胃已經在咕嚕咕嚕叫，恨不得立刻掃光蛋糕。

「如果我心裡有一個人，我可以問問月老，能不能幫我和他牽線嗎？」

「可以啊，原來是有喜歡的人啊！那妳幹嘛不直接告訴妳媽？抱歉，我多嘴了。」蔡桃花輕咳兩聲，繼續教學如何擲筊。

沒想到黃郁親在第一個問題「請問月老在嗎？」擲出聖筊後，接連無論怎麼問，都是怒筊或笑筊。她似乎不死心，在月老神壇前，一跪就是四十分鐘。

蔡桃花在外頭的梅樹下等，聽著那一聲聲的擲筊聲，即使沒進去看，也能感受到黃郁親的倔強。

「執念。」

「執念？」

「明知道這樣問下去沒有意義，卻還是想得到一個想聽的答案，差不多她快得到三個聖筊了。」

「但事實上，那只是個安慰獎？是這個意思嗎？」

唐祀青的唇抿成一條線，並沒有回答。風一吹，梅樹葉飄下幾片，他曾經在這裡見證過無數人的執念。有的人不擲筊，但內心卻只願為那一人執著的心情，也都一覽無遺——就像某一年的蔡桃花。

「你還記得我有一次，在這裡哭得很傷心嗎？那個時候，好像也差不多是這個時間，很晚了，還哭到廟公來安慰我，請我喝辣辣的高粱酒，那天我居然在這裡待到晚上十一點多！廟公從來沒有待到這麼晚的，他真是個好人。」蔡桃花曾經以為，她這輩子都走不出那段傷心，沒想到已經過了兩、三年了。

「記得。」

「你搞不好不在，你最好記得。」蔡桃花扮了個鬼臉。她不知道，那幾天只要蔡桃花又來拜拜，不擲筊、不許願，只是獨自坐在梅樹下發呆、流淚時，他一直都在，他都看著，卻什麼也不能做。

因為七情六欲是人類最珍貴的東西，而蔡桃花品嘗到的心痛，也是如此。她經歷的那段緣分，不是由他牽上，而是命中注定就該擦肩而過的一段緣。

「那個人不是我牽的。」

「我知道啊，他完全和我的理想型相反，跟你牽給我的那九任，完全不一樣，所以我沒算在你頭上。」

「既然和理想型相反，又怎麼會愛上？」

「愛？我那時有愛他？我以為只是很喜歡而已。」

唐祀青不點破，他知道她在維護自尊心。

「唐祀青，我那次之後懂了，所有的正緣，都不會過度心動，頂多只是喜歡而已，因為會讓人愛上的，注定不適合長久在一起。」

唐祀青突然輕輕撫著她的背，像極了大人安撫小朋友的模樣。

「手拿開。」

「我在憐憫妳。」

「……」蔡桃花青筋暴跳，要不是這裡是祀典武廟，她一定會狠狠踩他幾腳。

「出來了。」唐祀青眼神看向黃郁親，她神情疲憊，雙腿因為跪太久，走起路來有點不自然。一看見他們，還勉強地擠出笑容。

「我終於得到月老同意了。」

「同意什麼？」

「同意把我和那個人牽在一起。」

「太好了，那我們去吃飯吧。」

這次唐祀青沒有因為聽到「吃飯」兩字而感到興奮，他依舊眉頭深鎖，緊緊盯著自以為會得償所願的黃郁親。

「今天去吃牛肉湯吧。」黃郁親突然想喝湯，怕是因為才剛灑了媽媽煮給她的那鍋湯吧。

蔡桃花倒是對反常的唐祀青很擔心，她點了最大碗的湯給他，還幫他放好湯匙。

除此之外又多點了三盤炒牛肉，但他卻如同嚼蠟似地，吃得不是很開心，也吃不多。

回程蔡桃花騎著車，切進了圓環，準備在圓環的第三個出口繞出去。

「要是那女孩，找錯了出口，就糟了。」唐祀青喃喃自語。錯誤的緣分，如果強求錯誤的結果，只會讓彼此間的孽緣延續到下輩子。

「你說什麼？」

「我說前面有個吊死鬼，別撞到祂了。」

蔡桃花一聽，嚇了一跳，雙手失去控制地亂轉亂動著龍頭。下一瞬，手長腳長的唐祀青只輕輕往前一靠，雙手覆蓋在她的雙手上，一起穩定住龍頭。

「危險啊。」

蔡桃花的耳邊，因為他的聲音而感到麻癢，也因為他的靠近，而覺得他的胸懷很暖。她吞吞口水跟著說：「對啊，危險。」太危險。

蔡桃花回想黃郁親和自己差不多是同期，兩人同一年進劇團。黃郁親是個標準的工作狂，從一開始學習劇團事務時，她倆就常常一起通宵。

有段日子，蔡桃花因為無法理解劇本核心，而被要求每天晚上留下來研究過往戲劇時，黃郁親也總是陪著她一起研究。

「妳學的是舞監，幹嘛來我這湊熱鬧。」

「拜託，導演給妳的這些影檔多珍貴，不看就虧了，這裡面可以參考很多舞監技術呢。妳看剛剛這場戲，很明顯後面吊板卡在半空中，但演員卻依然鎮定地把戲演完。我都可以想像後台的慌亂，以及如果換景吊板還是拉不上去，能有什麼解決方案等，這怎麼能說是湊熱鬧？這叫學術分享。」

「工作狂就是工作狂。」

蔡桃花不覺得被打擾，反而覺得每次帶宵夜來找她的黃郁親很貼心。那段長達將近八個月的新人鍛鍊期過了之後，她們便各自在崗位忙錄，已經很久不曾像最近這樣頻繁地聯繫了。

所以，真的要讓蔡桃花思考，這樣的工作狂會喜歡誰，她想破頭都想不到。

一定是在工作上的人吧，不然黃郁親整天都待在劇團，哪還有什麼機會認識新對象？

「咳，導演，我去技術部一下。」

藍至梏從劇本中抬起頭，一雙不動聲色的眼盯著蔡桃花看了好幾秒才說：「順便帶上唐祀青，讓他熟悉熟悉劇團。」

「導演，你好像對我表哥很滿意？」

「他很好啊，做事認真有條理，學得也快。」

一旁的唐祀青滿意地點點頭，蔡桃花真的很想揍他，藍導在誇他，他居然還一副理所當然的樣子，不懂得謙虛！

「妳該不會想找出黃郁親許願的那段緣分？妳想幹嘛？」

「你不是拐杖月老嗎？該是使用能力的時候了。」

「我不隨便擋人桃花的。」

「很有道理，不然我那堆爛桃花你也不擋擋。不過，她昨天求了那麼久，一定是段虐戀。」

兩人邊走邊聊，已經來到走廊間堆滿各種物品的技術部，技術部除了負責裝台技術，也要負責後台管理，是非常忙碌的部門。

他們穿過走廊，進入一個空間挑高的寬敞練習室，練習室的大小足夠放上一個舞台的程度，裡頭的人正在進行裝台調整。（註：組裝舞台以及變換舞台場景的調整。）

「桃花？妳怎麼來了？」舞監林文隆戴著安全帽走來，他示意不要再往前，免得危險。

「我來找郁親。」

「她在那。黃郁親！黃郁親！」林文隆的嗓門很大，隨便喊兩聲就讓遠處正在組合舞台的黃郁親聽見。

「來了。」

蔡桃花仔細端詳著林文隆，他似乎已經結婚生子，年齡大約四十歲，長相中上普通，並沒有特別過人之處，但他是和黃郁親朝夕相處的人。

「桃花，怎麼了？」

「我帶唐祀青來跟大家認識，他之後可能會轉正。」

「真的？你打算長期在我們劇團工作啊？歡迎。」黃郁親很開心，她的表情一掃前一天的憔悴，看起來精神奕奕。

「那你們先聊。」林文隆繼續去忙，蔡桃花伸長脖子，都快變成長頸鹿了，眼睛仍眼巴巴地看著林文隆。

「桃花，舞監怎麼了嗎？」

「喔！沒事。我想說，順便問妳效果如何？」

一說到拜月老的事，黃郁親眼睛都亮了。「很靈啊！他昨天晚上突然傳訊息給我，還、還有看我的限動。」

——有看限動，也就是有使用ＩＧ，這樣的人肯定不會是四十歲的林文隆。蔡桃花表情像個包青天，一副精明判案的模樣，實在讓唐祀青想笑，怎麼會有人內心想法顯現得如此明白呢？

「那妳有沒有什麼其他同事能介紹介紹？唐祀青這人很孤僻，同事緣很不好。」

唐祀青不發一語，想用眼神殺死她，但她看都不看他一眼。

「這樣啊，家承，來一下。」

一名瘦瘦高高戴著眼鏡的男人走來，年齡大約二十八左右，眉目清秀、皮膚白皙，一開口說話也很有禮貌。

「嗨，桃花。」

「怎麼每個人都認識妳？」唐祀青不解。

「桃花是導助啊，可以說是導演的代言人，她常常要幫導演扮黑臉，我記得還是有不少人對桃花很有意見。」黃郁親無奈地說。

「我對桃花可沒有意見。」石家承趕緊澄清，蔡桃花則微微一笑。

「家承啊，有沒有女朋友？」

「啊？」黃郁親和石家承同時發出驚呼。

「哎呀，沒有我可以介紹啊。」

「他不可能啦。」黃郁親搶先地說，「他只愛他的初戀。」

「別說這個，沒事的話你們慢聊。」石家承匆匆離開，蔡桃花覺得更可疑了，因為黃郁親居然幫他講話。

「那我們也先去忙了。」蔡桃花扯扯唐祀青的衣角，偷偷說，「我找到了，就是家承。」

「先不說是不是那個人，妳要怎麼做？」

「簡單啊，讓他和我交往，不就得了。」

唐祀青覺得頭好痛。「緣分這種東西，不是妳說擋就能擋，當然也不是月老想強牽就能牽。」

「什麼意思？」

「肯定有什麼機緣讓他們有機會在一起，不過很短暫，所以昨天才會這樣。」

「居然還有這種玄機。」蔡桃花很驚訝，忽然靈光一閃，「唐祀青，你現在沒錢沒身分，要不要我陪你去擺攤，替人算感情運？」

「妳敢？」

「我可是蔡桃花，自己的飯錢自己賺。」

「妳還欠我一個月的吃住。」

「已經過去兩個禮拜了。」

這句話讓唐祀青吃驚得差點站不穩，所謂的一個月那麼短嗎？他都還沒好好地大吃特吃呢。

「小心！」唐祀青說話時還是慢了一步，走路不看路的蔡桃花就這樣差點和一名身形高瘦的男人撞上。對方反應很快，手上的一疊資料灑了出去，只為了拉住那個差點臉朝地的蔡桃花。

「抱歉、謝謝……」蔡桃花不好意思地說，一抬頭，她愣住了。

「你們沒事吧？家俊，你怎麼撞到桃花了？」黃郁親恰巧走出練習室，就撞見走廊上的車禍慘狀。她趕忙撿起資料，發現兩人竟然動也不動地互看。

「你們認識？」

「不認識。」蔡桃花秒回。

「認識。」李家俊淡淡地說。

「既然不認識道完歉就走了。」唐祀青果斷地拉著蔡桃花的衣袖，只見蔡桃花走沒幾步又偷偷回頭看了一眼，發現黃郁親和他的互動似乎很親暱。

「搞不好是他。」唐祀青說。

「嗯？」

「黃郁親求半天的緣分啊。」

「是喔。」

唐祀青簡直就是故意開啟這個話題，以他的敏銳程度，怎麼可能沒有發現他們兩人之間的氣氛。

「這樣很好，妳去和他交往，破壞他們的緣分。」

「……我看算了，這件事，我們不管了。」

「從頭到尾只有妳想管，我又不想。」

「嗯。」蔡桃花心情轉變之快，如今竟然連回嘴的力氣都沒有，整張臉相當失神，就好像見了不該見的人似的。

回到辦公室，藍至梏看兩人表情都怪怪的，詢問：「去認識得如何？」

「導演，她都在偷懶，完全沒介紹。」

「你……」

「這樣啊，桃花，我是怎麼教妳的？對待新同事要怎樣？」

原本還在失神的蔡桃花，一見導演變臉，馬上打起精神。「要像對待家人一樣，不能藏私！導演，我馬上教他。」

唐祀青的嘴角輕輕一勾，淡漠的臉偶爾會有愉快的表情。

「快點過來啦！」蔡桃花生氣地插著手，雖然生氣，但仍然很認真地在講解劇團所有部門的結構，以及各單位負責的工作。

一忙起來，幾個小時過去了，到了傍晚，李家俊竟然提著食物來到導演組。

「桃花，這個給妳吃，然後這個還妳。」

一袋食物，和一只純白色的高飛公仔，蔡桃花好不容易找回來的精神馬上消散。

「嗯，謝謝。」

唐祀青無能為力，只能看著這兩人的孽緣，似乎不是想斷乾淨就能斷掉。

他莫名煩躁，很想拿出拐杖打走這個爛桃花，但現在的他什麼能力也沒有。

「唐祀青，你幹嘛？」

「吃東西啊。」

「那是人家給我的。」

「妳又不想吃。」

一語命中紅心，蔡桃花只能癟著嘴，看著唐祀青把那曾經是她最愛的食物掃光，那是她好久不曾吃的乾煎米粿。

突然，一口米粿塞進她口中，懷念的滋味在她嘴中化開，連帶著那些她不願想起的回憶，也跟著一起湧上心頭。

「你幹嘛？」

「看妳很想吃一口，我大發慈悲。」說罷，他一手重重地壓在她的頭上，胡亂地把她的頭髮弄亂，「我先下班了。」

「你為什麼能下班？」

「總務跟我說了，我是工讀，工時只要四到六個小時好。」

「……你適應這個世界的速度倒是挺快的。」

「這是自然。」

「我不是在誇你！」

蔡桃花沒時間為一個回憶的食物感傷太久，畢竟今晚六點要召開第一次的設計會議，導演已經為此做了好幾天的準備，同時還得兼顧排練。通常劇團的排戲一旦開始，每個禮拜至少有六到八個場次要排。這代表著開啟了蔡桃花的爆肝工作流程，這段時間也是最忙碌的時期。

設計會議出席的人數眾多，這部戲雖然在開頭時經歷一些小小的不順，但已經排練了十四場戲都非常順利，大家也安心不少。

蔡桃花坐在藍至梏旁邊，同時兼顧會議紀錄以及導演資料輔助的角色，哪怕分身乏術，她的目光還是忍不住瞄向會議桌最尾端的右手邊，坐在那裡的李家俊。

她知道技術部缺人，也知道李家俊應該不是因為知道她在這個劇團內才來，畢竟他們在一起的那短短三個月，他根本沒關心過她是做什麼工作。當初他曾告訴過她的職業，顯然是騙人的。那時的他明明說自己是一名街頭藝人。

「那麼，現在我先聊聊我對這部戲的理念。」藍至梏有點反常，平時要說這麼重要的話題，他的語氣總是信心滿滿，此刻語氣卻略帶猶豫。

「這是我編導的第九號作品，也是第三部家庭劇，靈感來自於《小偷家族》，我認為所謂的家人不一定要有血緣才算是家人，如果做到彼此陪伴、關心，為什麼要受限於血緣呢？小偷和男孩，男孩和母親，這三個人的關係，我想用一種更幽默詼諧的方式呈現。畢竟悲劇不一定要從頭哭到尾才能叫作悲劇，如果能讓人笑中帶淚，那才更深植人心。所以這個劇本我有修改過，把原先過於黑暗的部分改掉，改了好幾個版本，才是現在大家看到的《聖誕夜奇蹟》。」

蔡桃花一邊記錄，一邊對藍至梏投以崇拜的炙熱目光。

她原先沒有這麼喜歡戲劇，讀了戲劇系覺得好玩，做了劇場覺得辛苦，但正是因為見到藍至梏一次又一次對戲劇的堅持，才讓她萌生一種想要永遠追隨藍至梏的想法。

藍至梏的父親也是劇場圈內相當有名的人，一開始都沒人知道這件事，直到藍海劇團從第五號作品越賣越好，藍至梏和那名劇場大師的關係才不脛而走。但偏偏，那位劇場大師的名字在劇團內似乎成了禁忌，沒人敢直接說出來，因為藍至梏極力和大師切割。他不想讓自己汲汲營營努力的成果，最終只與「某某某的兒子」劃上等號。

「導演，舞台設計的部分，我們這裡想提出電影感的模式。」技術統籌表示。

「電影感？」

「我們請提出這個想法的新人李家俊上台介紹。」

蔡桃花一聽到這個名字，即使故意不抬頭，她的耳朵早已打開，全神貫注準備聆聽。

「導演好、各位好，對於這次的舞台設計，我的想法是在轉場時利用推景加投影效果，打造出如電影膠卷效果的轉場。這個是形象圖，比如第二場戲轉第三場戲，畫面要從家裡切換到嘉敏姐時，可以利用這種方式轉場，讓觀眾宛如置身在立體片場的錯置感。」

藍至桔久違地眼底亮出光。「你說你叫李家俊？」

「是的，導演。」

「以前學戲劇的？」

「以前學攝影。」

「很好，技統（註：技術統籌）那邊照這個形象延伸，在第二次設計會議時，提出更完整的設計方案。」

李家俊的發言獲得滿堂彩，而蔡桃花只是木訥地記錄下導演交代的事項，沒有看他一眼，一眼也不敢多看。

等到蔡桃花開完會，整理完所有會議資料時，已經晚上十一點多了。大不從人願，她搭乘的電梯停在了技術部那一層，走進來的人居然是李家俊。畢竟都在一個劇團內，日後要這樣常常遇到也不是不可能。

氣氛頓時為之尷尬，她一出電梯立刻快步離開，走沒幾步就發現唐祀青竟然在一樓大廳等她。

「你怎麼在這？」

「來接妳回家。」唐祀青的聲量說大不大，說小不小，但傳到後面的人聽則剛剛好。

「喔，又不會騎車還跑來接人……啊！」蔡桃花吃痛地揉著額頭，不懂這個人幹嘛攻擊她。

「少說兩句。」唐祀青拉著蔡桃花的衣袖，看起來就像主人領著寵物回家。而他們背後則一直有雙目光直直地盯著，直到他們的身影逐漸遠去為止。

「你有病啊，把我打笨了，誰賺錢養你？」

「我也有工作了。」

「喔？也就是說，剩下的賭注，我不用請你吃飯了？」

「賭注就是賭注。不過，妳每天都工作到這麼晚？」

「十一點也還好吧？之後忙到凌晨回家都是有可能的。」

唐祀青皺著眉，自動把安全帽戴好，等著蔡桃花載他。

「你那什麼臉？」

「妳以前那幾任的戀愛都怎麼談的？」

「大部分都同居啊，不過有幾任他們是住家裡，我也不方便天天去住，所以就一個禮拜去住一、兩天這樣，或者是對方來我這住一、兩天。」

「沒有去哪裡玩嗎？」

「一起在家休息不是很好嗎？各忙各的，有空就講電話聯絡……你到底那是什麼表情？」

「我終於明白，真的不是我不靈驗，是妳這女人根本沒有慧根。」

「身為一個前月老，這樣說你的信徒對嗎？你可是散播歡樂、散播愛的代表神耶。」

「我是專打小三，以及專打戀愛白癡的神。」

「好啊，你那麼厲害，你教教我啊。」蔡桃花耍無賴地說。

「我教妳？妳確定？」

「先說好，我可沒有要再額外給你食物費喔。」

唐祀青露出冷笑，這一笑，笑得蔡桃花頭皮發麻倒退兩步。「這週末，我教妳。」

「咳咳、我看一下時間這個禮拜六要做預排……」

「禮拜日的時間不是空的嗎？我看過導演的工作進度表了。」

「你在哪看的？」

「導演組的共用區。」

蔡桃花簡直不敢相信自己的耳朵，唐祀青明明才正式來打工沒多久，而且重點是，他明明對這個世界還有很多不了解、不適應的地方才對，怎麼這麼快就上手了？

連共用區在哪裡都知道！

「妳要用那個白癡表情看多久？不回家睡覺了？」

「你真的那麼厲害就去考個駕照啊，哼！」

唐祀青沒有馬上回嘴，直到三天後，蔡桃花下班回家，發現桌上擺著一張唐祀青的重型機車駕照，旁邊還用毛筆寫了一行字：「如妳所願。」

兩人吵架歸吵架，回家後桌上擺著肉粽，顯然就是準備給她充飢的。凌晨一點多，她吃著即使冷掉也一樣好吃的肉粽，感受著這個家裡有另一個人的呼吸聲，即使唐祀青是個討厭鬼，她似乎不再排斥他了。

「不過，歷劫要多久啊？到他死掉？那他什麼時候死？」蔡桃花自顧自地說。

「妳吃著我買的肉粽，居然還詛咒我？」唐祀青雙手環胸地站在後方，嚇得蔡桃花差點嗆到。

「我、我是在說劇本內容！您真是個多愁善感的人呢，哈哈哈！」她都要懷疑這個人是不是還保留神力了，喃喃自語居然也會被聽到。

唐祀青適應生活的能力已經有目共睹，但蔡桃花萬萬想不到，這人換上了寬肩黑外套，搭著白色T恤，還有一條淺咖的西裝褲，她看得差點就要心動了。

反觀她一身印有卡通圖案的睡衣，睡衣上還沾了一些洗不掉的污漬，兩人的畫風形成對比。

「去換衣服。」

「為、為什麼？」

「妳是工作到糊塗了嗎？今天是星期日。」

「對啊，不是用來補眠的日子嗎？」

「……」蔡桃花彷彿感覺到外頭的天空又要雷鳴閃電，不禁一陣哆嗦，趕緊閉上嘴去打理。她根本是用盡生命在翻衣櫃，翻了半天才翻出幾件很新的白T和咖啡色、黑色的西裝褲。

「原來妳也有這種像人的衣服。」

「說得好像我多邋遢一樣！這是……這是和李家俊交往時，他陪我去買的。」

「妳之前喜歡那傢伙哪裡？」

「我不知道，他是我唯一說不出喜歡哪裡的人。除了他，每一任男友，我都能在他們身上找到我喜歡的點，甚至想像過和他們共度一生的畫面。只有他，什麼都沒有，從一開始就知道我們很快就會分手。」

「那妳還跟他在一起？為什麼？」

她拿起咖啡色的西裝褲，苦笑。「既然都會錯過，為什麼不好好牽過一次手、短暫地相愛一下下也好呢？」

「去換衣服，快點。」唐祀青依舊冷著臉，但他的眼底其實閃過一絲心疼，就因為這樣，他才會那麼努力地幫信徒們趕走那些不適合的緣分。為什麼一定要讓人在心上留下那種傷呢？相愛，本該是美好的。

蔡桃花換好衣服後，唐祀青遞上一罐雞精，說要喝了這個精神才會好。

「你是吃壞肚子喔？突然對我這麼好，不是說今天要教我嗎？」

唐祀青又露出充滿寒氣的冷笑。「我是不介意，妳今天也吃壞肚子。」

「對不起，我說錯話了。」

因為唐祀青前天才剛考上駕照，他理所當然地拿著機車鑰匙，準備載蔡桃花。他利用前月老的威嚴，逼著她上車，然而一上路，他騎得比蔡桃花還安全、穩當，該打方向燈的時候就打，該在哪個圓環轉彎就轉彎，一次也沒出錯，彷彿他才是真正的台南人。

他們來到一間以昭和氛圍作為主題的小食堂，店內雖小，但擺設相當豐富。從復古小電視，再到卡夾遊戲機，各式各樣充滿時代感的小物，讓蔡桃花完全忘了睡眠不足，開開心心地在店內又拍又玩。

吃完午餐，唐祀青帶她前往台南歷史博物館。蔡桃花雖然身為台南人，但是之前來這裡也只是為了看戲劇類型的展覽而來，看完就走了，完全不知道這裡有什麼好逛。

「這裡有一棵樹，聽說對著樹許願，願望會成真。」

「真的？你怎麼知道這些的？還有剛剛那間店，你都是去哪找的？」

「劇團很多人都會給意見，他們只要說了地址，我就能知道路。」

「騙人，你以為你是導航啊？」

「這是以前留下的職業病。」

「連『職業病』這種單字你也知道！」

「不要再大驚小怪了，快看，就是那棵樹。」

只見園區內，果真有一棵銀色金屬製作的樹，遠看像極了亞當與夏娃的果樹，近看四周還有許多巨大的金屬果子點綴，看起來相當魔幻。

蔡桃花仔細看著金屬果樹的材質，甚至臉都快貼到樹上去了，實在讓人無語。

「看夠了就快許願。」

「我希望《聖誕夜奇蹟》票房大賣！全部賣光光！」
「怎麼每次妳來拜月老，都沒許過這種願望呢？」
「拜月老就是拜月老，哪能許這個？你只會打小三，能幫我們衝高票房嗎？」
唐祀青忍住想要罵她或敲她頭的衝動，畢竟今天他的目的是讓她體驗什麼叫作真正的約會。
「我許完了，然後要去哪？」
他沒有回答，而是繼續出發。騎了半小時車程後，他們來到方圓美術館，在美術館內點了咖啡和小蛋糕休息。
「為什麼要來這麼偏僻的美術館啊？」
「這裡以前是家醫院，而那個老醫生，曾經是我的信徒。」
「真的？那你有幫他覓得良緣嗎？」
「當然，子孫滿堂。」
蔡桃花癟癟嘴，心想反正所有的信徒都能子孫滿堂，只有她不行。
「好像，時間只有對人類來說，才是稍縱即逝的存在。」
「所以對你來說歷劫也只有一下下而已，像眨個眼睛那樣快。」
「想減輕罪惡感？」

「咳咳，下一個景點是什麼？」

接近黃昏時分，唐祀青覺得時間剛剛好，他們便前往青鯤鯓鹽田。這裡的鹽田造型特殊，呈現扇骨狀，藍綠色的給水溝一塊塊地分布。在天空逐漸染上夕陽色的同時，夕色也倒映在鹽田上，染出一幅水波蕩漾的畫，美得讓人難以移開目光。

「哇……」蔡桃花開心地小跑步，來到鹽田中央，一看到豎立在中央的裝置藝術「生命之樹」，更是又喊又叫，跑得比誰都快。

唐祀青才想提醒她泥地上很多碎石會摔倒，結果話還沒說出口，蔡桃花就被絆倒撲在地上，弄得灰頭土臉，白色的衣服都有點弄髒了。

他明知道不該笑，但看著這照拂了許多年的女孩，居然還是像當年一樣蠢，蠢得令人憐愛，他再也繃不住臉，噗嗤笑出一聲。即便他極力壓抑，但微揚的嘴角仍能看見些許笑意。

「你……剛剛笑了？」蔡桃花本來忙著拍掉泥土，聽到笑聲正想發怒時，卻看見唐祀青臉上那抹淡淡的笑。不似平時寒氣逼人的冷，也不似陽光燦爛的明亮，就是一點點淡淡的，如同這片晚霞，在他微彎的月牙嘴角綻放，也在她的心裡綻放。

「起來把土拍一拍，手機給我，我幫妳拍照。」

「幫我拍照？你又吃壞……好、好哇。」她不自在地站到白色的生命之樹中央，看著唐祀青有模有樣地拿著她的手機調整角度，她變得有點緊張，尤其直直地盯著他露出一邊的眼睛，她更是莫名口乾地吞吞口水。

「桃花，笑。」

嗯？他剛剛是叫她兩個字嗎？

她抬眼，露出靦腆的笑容。

唐祀青按下快門，不禁又看了一眼，那抹笑稍縱即逝，很快就消失了，但卻精準地記錄在照片上。

蔡桃花開開心心地跑來要拿手機，他卻不給。

「蔡桃花，妳知道戀愛要怎麼談了嗎？」

「什麼？」

「要約會，像今天這樣，這樣才會製造心動感，才能長長久久。」

蔡桃花一聽，皺眉地問：

「所以今天一整天，你都只是在上課，都是、都是模擬？」

「不然呢？」

她鼓起腮幫子，直接跳起來搶回手機，「回家啦！哼！」

唐祀青愣了愣，這孩子果然是膽子越來越大了，居然敢「哼」他？

他看著那怒氣沖沖的女孩，每一步都踩得很大力，想起她第一次來拜月老時，進門就摔倒的蠢樣，還是想笑。而且，她永遠都不會知道，她靦腆一笑時，真的很讓人心動。

「沒事來這麼遠的地方幹嘛？不知道騎回市區要一個小時嗎！哼！」

唐祀青依舊忍著沒回嘴，騎車的是他，沿路抱著他就打瞌睡的則是她，她到底有什麼好抱怨的？

「想想妳過往的每一段戀愛，都沒這樣約會過吧？尤其是那個李家俊，他一定沒這麼做過。」

「哪壺不開提哪壺，他……他即使什麼都不做，我也會喜歡他，當然，那是過去式了。」

唐祀青沉默下來，回程路途一句話也沒說。因為他一直以為戀愛應該是要像今天這樣，努力經營才會長久，卻沒想過居然有人都不用努力，就能得到愛情。

人類，果然很難懂。

尤其是蔡桃花的戀愛觀。

他好累。

蔡桃花還以為浪費一天出去玩會很累，想不到星期一她不但沒有賴床，還早早就起來了。而唐祀青的穿著打扮也回歸普通的樣子，一身簡單的T恤加牛仔褲，和她對話也沒有昨天那樣忍讓。

「今天正常多了。」她點點頭，趁他回嘴前先下樓，「太慢就不等你囉！」

唐祀青嘆口氣，這蔡桃花到底什麼時候才要長大？

「今天也會忙到很晚？」

「當然啊，晚上七點還要順走，忙死了。」

他聽不懂那些術語，只淡淡地說：「那我晚上十一點會去等妳。」

「說得你今天好像不去劇團。」

「我今天休假，我是工讀。」

「你……」他這人簡直就是居心叵測，早就算好了昨天玩一天，今天要休息！

「下午我會順便去問問我的同事們，是哪個月老給了黃郁親聖筊。」

「真的？謝謝。」

「現在道謝都說得很快。」

「你是不是天蠍座啊？那麼愛記仇。」

「照你們陽曆的算法，我是摩羯座。」

「你居然連這個都懂，你是不是為了有辦法和我吵架，才做了很多功課？」

蔡桃花眼看騎車的人不發一語，一副像是被講中了，真的是讓她又好氣又好笑。進了劇團，她也沒時間想那個不該遇到的前任，以及那尊大神的事，眼前如火如荼的排練工作，簡直讓她忙到連喝水的時間都沒有。

怎知在排第十七場時，導演忽然對飾演男孩的演員彬彬發脾氣！彬彬是難得的青少年演員，今年剛升上國一，因為娃娃臉加上表演經驗豐富，被遴選為這次的男孩角色。

「為什麼你要擅自更改角色分析？」

「我、我只是認為……是因為有人告訴我，男孩對小偷其實是充滿戒心的，這樣比較符合常理。」

藍至梏氣得深呼吸了好幾次，極力忍住不在彬彬面前亂摔東西。「你隨便更改角色的設定，連帶你的表演方式也變了，原本和你對戲的演員根本不知道你有亂改，剛剛你們的情緒就是對不上！這是團隊合作，你懂嗎？」

「對不起……」

「是誰告訴你要改的？」

「我、我不認識那個人……」

「那你認同他說的話嗎？如果你到現在還搞不清楚自己角色的來歷，你可以不用演了。」

「導演！舞監找你，好像是設計的事情，你可以過來回電嗎？」蔡桃花趕緊出聲圓場。

在蔡桃花順利把藍至梏從排練舞台支開，她趕緊協同助導莉莉一起去安慰彬彬。

「導演是說氣話，你知道吧？」

「對啊，導演他是求好心切，他沒有真的要換人。」蔡桃花趕緊下保證，雖然換人這種事真的有可能。

彬彬意外地堅強，他的眼眶沒有紅，只是雙手握得緊緊地，滿臉不甘心。「我會努力，謝謝妳們。」

「天啊！到底是哪個白目去跟彬彬講的？桃花，是妳嗎？」莉莉馬上問。

「我怎麼可能啊！我跟著藍導做事那麼久了，我從來都不會對任何演員插嘴任何事，我的紀錄都是秉公報告。」

「抱歉，是我太急了……可是參與排練的就我們這幾個人啊！還會有誰？」

蔡桃花有點不服氣。「誰說只有我們幾個了？每個人都可以打開門在後排看，妳怎麼不去懷疑那些人？」

「抱歉。」莉莉隨口道歉，趕忙又去找彬彬，畢竟安撫演員才是她的工作。

蔡桃花隱隱感到不安，過去開了那麼多新戲，從來沒有一次像這次這樣，大小波折不斷。

蔡桃花突然感覺胃又灼熱又痛，這才意識到因為下午的排練，再加上彬彬的事，她竟然忙到現在十點多了，都還沒吃東西、喝口水。

「桃花，整理完就可以下班了，我先走了。」藍至梏的表情顯得疲憊。

「導演，那個……路上小心。」她還是沒有勇氣問導演關於彬彬的事，這樣就越界了。

「桃花，妳覺得這齣戲怎麼樣？」

「當然很好啊，導演的每一齣戲，我都很喜歡。」

藍至梏放下公事包，拿出了兩顆咖啡糖，一顆遞給桃花，一顆自己吃，他咬得喀喀作響，沒兩下就把咖啡糖全咬碎吞下。

「那妳最喜歡哪一齣？」

「我最喜歡第二號作品。」

「那齣是寫我爸爸的故事。」

「導演雖然說是寫爸爸的，可是在我看來，我看到的不是導演的爸爸，而是導演用怎樣的角度在面對親情。」

藍至梏笑了。

「那妳對《聖誕夜奇蹟》又怎麼想？妳覺得我想說的故事是什麼？」

蔡桃花猶豫了，她不知道該不該說。

「有話就說。」

「導演，我覺得第九號作品和你過去的作品風格很不像，我在裡面找不到導演過往的影子。我不是說這齣戲不好喔，我很喜歡這種既幽默又充滿希望的反諷故事，只不過還是有一種少了一點什麼的感覺。」

「少了什麼呢？」

「我一個小小的導助哪敢大放厥詞，請忘了我剛剛說的話吧！」

「觀眾的感想，對我來說也很重要。」

「少了黑暗面，不夠黑，所以整部戲變得有點像童話故事，這和導演以前的風格非常不同，但我覺得這反而是導演的新嘗試。」

藍至梏點點頭，表情沒有露出惱色。「桃花，除了排戲報告，我還要順位報告。」

「咦！」

「騙妳的，排戲報告寫完就回家吧。」

她心有餘悸地目送藍至梏離開，這才敢把糖拆開來吃。「真是伴君如伴虎啊。」

她把資料整理完，搭電梯時，莫名地期待電梯會停在技術部那層樓。可惜電梯一路順順地抵達一樓，她期待的事沒有發生，那個人也沒有再買食物給她。

他歸還的高飛公仔還收在她辦公桌的抽屜內，她不敢帶回家，更捨不得丟。她還記得，剛在一起時李家俊說他其實很喜歡高飛，他只會讓親近的人知道這件事。剛好那時萬聖節快到了，她去蝦皮上找了好久，才終於找到那年日本迪士尼出的限定款。短短三個月，她其實送了他很多東西，聽到他快感冒了，她就買維他命C；知道他拉肚子，她就買電解水。而他呢？他從來沒有送她任何一樣可以讓她紀念的物品，反而是那個高飛公仔，成了他們曾經在一起過的紀念品。

「蔡桃花，臉怎麼那麼白？」唐祀青走到蔡桃花面前，皺著眉問。他遠遠就看見蔡桃花的臉色不對勁。

「哪有啊，只是太累了，走吧。」

「我怕妳等等突然掉下機車，還要去撿妳。」

「你當我是什麼物品嗎？掉下去早就出事了，你怎麼撿？」

唐祀青把安全帽丟給她。「快上車。」

沒想到蔡桃花一上車就感覺胃部的灼熱感又上來了，她緊緊壓著肚子，想著快點回家吃點東西就好了。

唐祀青不是笨蛋，他看出來蔡桃花哪裡不舒服，以最快的速度飆回家後，立刻開爐煮粥。

「你會煮飯？我家的廚房一直都只用來煮泡麵耶！你什麼時候買菜的啊？」

「隔壁阿姨帶我去買的。」

「你好意思叫人家阿姨？你都不知道多少歲了。」

「我現在是人類，妳廢話那麼多，肚子不痛了？」

「咳、我本來就沒有不舒服。」

沒多久，一碗雞蛋青菜粥就完成了，蔡桃花的肚子早就餓得發出咕咕叫，卻發現吃貨唐祀青居然沒有煮自己的份。

「你不吃啊？」

「我只吃美食。」

「……言下之意，你覺得自己煮得不好吃？」

「閉嘴，快吃。」

蔡桃花簡直不敢相信！怎麼會有人大言不慚地說出這種話，還逼人家吃！她戰戰兢兢地吃了一口，粥煮得相當軟，雞蛋和青菜的配料雖然簡單，但因為鹹度剛好，是一碗不難吃的粥。她捧場地吃光光，有粥暖胃，她的胃痛也緩解了。

「明天陪我加班好嗎？」

「怎麼？」

「劇團又有怪事發生，我總覺得不安。」

「一定會有事發生的吧？把劇本拿去銷毀的凶手又還沒找到，我才覺得妳們倆怎麼那麼輕易就安心，完全當成無事發生的樣子。」

她被這樣一提醒，這才想起來還有凶手這件事，她是真的忘了。

「我們一旦開始排練，就會很忙嘛，絕對不是我健忘。」

「一個會忙到忘記吃飯讓自己胃痛的人，簡直和金魚沒兩樣。」

「你……」

「我已經知道是誰幫黃郁親牽線了，是甜妹牽的線。」

「甜妹……是指醋矸月老嗎？咦！所、所以黃郁親會跟曖昧對象有吃醋的事情發生，這樣不就催化他們的愛情了嗎？」

「也有可能會吃醋到吵起來，不是嗎？」

蔡桃花翻了個白眼。「你既沒當過人類又沒有戀愛經驗，我從沒看過有哪對曖昧男女會因為吃醋而從此再也不見，通常一吃醋起來，沒多久一定會在一起。哼，還想要當老師教我怎麼約會呢。」

「……我說一句，妳剛剛說了幾句？」

「說不過就要用威嚴壓我，你天罰我啊！哼！」蔡桃花不僅長膽子了，還看穿唐祀青現在就是個普通人類，只不過還保有當月老的記憶。

唐祀青不想跟她鬥，轉頭就去房間抱了枕頭棉被出來放在沙發上。

「幹、幹嘛啊？沙發不是我睡的嗎？你跑來跟我擠？」

「從今天起我只睡這。」

蔡桃花又一副見鬼的模樣，她明明故意氣他了，他居然還把床讓出來？難道他在預謀什麼更大的報復嗎？

當然，唐祀青在想什麼，蔡桃花一輩子都想不出來，畢竟她一躺到床上，不出三秒就睡死了。

隔天一早，唐祀青甚至還做了兩人份的早餐，是古早味蛋餅的味道，簡直和她家隔壁巷口那間早餐店的味道一模一樣！

「唐祀青，你偷人家的祖傳味道啊？」

「閉嘴，吃飯。」

兩人吵吵鬧鬧來到地下室停車場，正要去搭電梯時，他們遇到了同樣一起來上班的黃郁親和李家俊。四個人一起進了電梯，唯一不覺得尷尬的似乎只有黃郁親。

「桃花，聽說昨天彬彬被導演罵了？」黃郁親問。

「別提了，我只希望今天不要再有事發生，不然我真的會爆肝。」

「我會幫妳。」唐祀青難得開口。

「妳表哥很可靠耶。」

李家俊刻意地看了唐祀青一眼，唐祀青的目光也毫不閃避，以他的身高優勢，用居高臨下的眼神回看。

「他只會吃，哪有可靠，哎唷！」蔡桃花的腳被唐祀青大力地踩了一下，吃痛地瞪著他，正想罵人時，電梯門一開，人群一來，唐祀青突然把她拉到身後，不讓她被其他人擠到。即使如此，她還是在他背後偷偷比了中指外加翻白眼。

下午兩點三十分，今天依然是輪到排練彬彬的部分，但時間已到，人卻沒有來。

莉莉急得如熱鍋上的螞蟻，藍至梏則是手捧劇本，一副臨危不亂的模樣，準時在排練場地等待。

「我就知道！我就知道！」蔡桃花焦躁地抓著頭，快速地來回踱步。

「喝口水。」

「不喝。」

「喝口水就能冷靜下來。」唐祀青一把抓住她的手，命令地說，「喝。」

蔡桃花覺得煩死了，不想讓他繼續盧，只好乖乖照做。

「我覺得不是像妳想的那樣。」

「你什麼都不懂。」

他頓了頓。「但我懂人，我已經看著人類很久很久了。」

忽然，喀啦一聲，有人推開排練室的後門，彬彬竟然從後排的門進來，他一步步緩緩地走近舞台。即使已經遲到了，他也不慌不忙，表情像個迷茫的男孩，好似不小心闖進了陌生的地方，正東張西望地看著。

莉莉收到通知，一衝進來想要大吼，立刻被藍至梏用手勢阻止。

彬彬俐落地翻身跳上舞台，他好奇地打量著藍至梏。「你手上拿的是什麼？」

「是劇本。」

「劇本？所以這裡是演戲的地方？」

「是排練的地方。」

「是喔，那你是誰？演員嗎？」

「我是導演，你又是誰？」

「我？我從一個很遠很遠的地方來，我在找一個叫作小偷的男人，你有看見他嗎？」

藍至梏聽完這句話後，不再配合彬彬演戲，「純真的樣子揣摩得很好，但是別演得太像《小王子》了，過頭了。」

彬彬這才恢復正常，向所有人鞠躬道歉。「抱歉我遲到了。」

「今天從第一場戲開始排，準備。」藍至梏沒有責備，而是公事公辦。他昨天的責備，是因為彬彬的擅自改動，影響了其他演員。而今天的修正方向，則是讓角色更貼近男孩的特質，所以沒有什麼問題。

「腳怎麼了？」藍至梏瞥了彬彬的腳一眼。

「呃、沒事……就是今天去廁所時，不小心從樓梯上摔下去，所以才遲到，我已經包紮好了，不會影響排戲。」

「坐下，我看看。」藍至梏扶起彬彬的右腳，果然腳踝都腫起來了。「每次開演前，我都要求每一個人做到最基本的事，知道是什麼嗎？是不要受傷。你今天可以不用排走位，坐著演。」

「導演……對不起。」

「沒事了。」藍至梏露出笑容，蔡桃花也跟著笑了，她是為導演高興，為戲高興。

「唐祀青，太棒了，應該沒事了！」

「……」唐祀青無言以對，突然摔下樓這麼嚴重的事，蔡桃花居然還說沒事。

「我去監控室看看。」

「哇！你還知道『監控室』！慢走～」此刻的蔡桃花身心完全投入在排練中，沒注意到自己說了多麼愚蠢的話。

唐祀青先來到演員休息室，從演員休息室出來，按照廁所指標，必須往下一樓才會抵達廁所。而這個樓梯口，又是和上次劇本被偷的樓梯口相同，都是監視死角。

他順著樓梯往下走。

他已經熟記這裡每一層有哪一個部門，而廁所旁正是行政部。

「唐祀青？你來這幹嘛？」總務的蔡亞庭問，她就是當初幫唐祀青製作個人檔案的人。

「剛剛有演員在這個樓梯間摔倒了，好在沒受什麼傷，導演讓我來看看樓梯是不是哪裡有問題。」

「有這種事？他什麼時候摔的？」

「應該是半小時內。」

蔡亞庭立刻來回走了兩趟樓梯，都沒檢查出異樣。

「今天排練的演員是哪一位？」

「是彬彬。」

「天啊，還好是彬彬，萬一摔倒的是嘉敏姐，肯定要遭殃了。」

「怎麼說？」

「嘉敏姐的經紀公司可不好對付，只要演員行程被延誤、衣服弄髒、受了傷，全部都是加倍索取理賠。」蔡亞庭說起以前的經驗，直打冷顫。他們劇團每一分錢都花在刀口上，每次賠這種錢，會計都會哇哇叫。

「但我看她演過劇團好幾齣戲了。」

「因為導演很喜歡她，啊！不是那種男女的喜歡喔。」

唐祀青把被岔開的話題拉回來。「以前劇團應該都高朋滿座，但現在怎麼聽起來，我們劇團好像很窮？」

「前兩年因為疫情影響，檔期一直被延後，你以為導演就不排戲了？戲照排！錢照燒！他堅持維持狀態並等待，一旦能排檔期，馬上讓我們的戲上去。結果好不容易熬過疫情，變成大家都爭相開音樂會、舞台劇，觀眾就這樣被分散了，還是賠！我雖然不是會計，但畢竟是總務，多少有點感覺。」

「也就是說，如果這次的新戲無法如期公演，還是中間出了什麼需要賠錢的狀況，劇團可能會撐不下去？」

「這我可不敢亂說。你要不要跟我去監控室確認一下，看有沒有拍到彬彬是怎麼摔的？」

「好啊。」

再次來到監控室，唐祀青覺得很滿意，畢竟上次來他還不太清楚知道這些機器的功用，現在都很熟了。

「啊，這裡錄到彬彬路過，應該是要進去休息室。」蔡亞庭操作著介面，從快轉調成慢速。

「停。」唐祀青指著監控右下角，「這個灰色衣角和剛剛彬彬穿的衣服一樣，他應該是這個時候下樓的，時間是下午兩點十六分。」

「可是這個時間點，沒有其他人經過，也就沒人能證明他是怎麼摔的。」蔡亞庭嘆口氣。

「那就可能只是踩不穩吧？我會這樣回報導演，謝謝妳。」

「我才覺得你厲害，才來打工幾天，學得好快！要轉正的話，我可以幫你跟我們組長說喔。」

「我沒興趣做那麼久。」

唐祀青若有所思，他重新回到休息室旁的樓梯口。這個樓梯口很奇妙，往下可以去行政部，往上可以去技術部，反而是行銷部在另一頭，怎樣都牽扯不到演員休息室。此時李家俊正巧從樓上走下來，兩人在樓梯口相視。

「你真的是桃花的表哥？」

李家俊停在樓梯上的幾階處，目光終於也能往下俯視唐祀青了。

「是不是重要嗎？關你什麼事？」唐祀青挑眉。

「是不關我的事。」

「那就好。」

「所以，你喜歡桃花？」

「一個無緣無分的人，為什麼要問這麼多？」

李家俊聽出弦外之音，他的表情略顯難堪。「她都怎麼跟你說的？我甩了她？」

「她沒提過你一個字，她早就忘了。」

李家俊冷笑，聽出了唐祀青這句話是故意亂說的，下樓的步伐變得悠哉，突然一個踉蹌，要不要是他反應快即時抓住扶手，不然應該會滾下去。

唐祀青不疾不徐地上樓，心裡有點遺憾李家俊沒能真的摔下去。「借過，我看一下。」他彎身檢查絆倒李家俊的那一階樓梯，這才發現樓梯上的鐵面竟然掀開了一點點，因為不明顯，所以蔡亞庭檢查時沒有發現異狀，但也因為這一點點的掀起，一定會讓走樓梯不注意的人摔倒。

「你也是要去樓下上廁所嗎？」

李家俊按摩著手腕，不耐煩地說：「對，因為樓上的廁所正在維修，要維修到明天。」

「什麼時候維修的？」

「我哪知道，昨天還能用。你問這麼多要幹嘛？」

「不關你的事，你可以去廁所了。」

兩人互看一眼，確認彼此絕對此生不合。

唐祀青重新回到行政部找蔡亞庭，請她在樓梯口設個警告標示，並盡快找人來修，不然人潮來來去去，還不知道要摔多少人。當然如果是李家俊摔倒，他是沒有意見的。

唐祀青知道，他們是怎麼分手的。

他覺得李家俊這人還真敢說，說得好像不是他甩了人家一樣。事實上，李家俊和蔡桃花會分手，是因為某一天李家俊的訊息突然不讀不回了。過了一個禮拜，蔡桃花開始三天兩頭跑到月老廟擲筊，想問問這個人是不是想分手？還是因為有什麼不開心的點而故意冷戰？事實上就是想分手。但他當初沒給蔡桃花一個聖筊，只看她如著魔般，跪在地上一次又一次地擲筊，氣得都想劈頭大罵蔡桃花怎麼會那麼蠢，都被這樣無情對待了，還執迷不悟？

直到過了大半年，蔡桃花都已經交到新男友了，某次跑來不死心地又擲筊，想問問李家俊是不是這輩子都不會已讀她了？這種事還重要嗎？蔡桃花明明心知肚明，卻放不下這一段不明不白就結束的感情。

「無恥。」

「什麼？尺？你要尺幹嘛？別發呆了，排練結束了！你來協助我一下！」蔡桃花拿著紀錄板路過唐祀青，覺得他真是個薪水小偷，都這麼忙了還發呆。

「……」

唐祀青深深覺得這個劇團的每個人神經都很大條，為什麼明明該是需要重點注意的事，每個人都當成小事忘記呢？

那日彬彬摔倒，雖然找到原因，但大家都認為那只是個意外，台階的鐵片好端端地在那，怎麼會突然自己翹起來？怎麼想都不合理。

尤其是導演組的，幾乎每一天都緊鑼密鼓地在排練，不是排練就是開設計會議，開完會議就是寫報告、追進度。若不是他每日在蔡桃花旁邊幫忙，蔡桃花可能真的會連水都不喝。

「喝水。」每隔一個小時，唐祀青會遞水給蔡桃花。如果她不喝，他會一直重複，直到她喝為止，旁邊的藍至桔也因此受了影響，多少也會喝點水。

「今天就是整排了，桃花，妳不能看漏了。」藍至梏的黑眼圈比上星期又更深了一些，臉頰也凹陷不少，不只是藍至梏，蔡桃花也瘦了一大圈。

愛吃如唐祀青，他拿著自己的打工錢替這兩位不要命的工作狂買了冰糖烤雪梨，他們一人一個，他自己吃兩個。

「距離整排還有二十分鐘，你們兩個把這個吃了再下去。」

「你對導演講話有禮貌一點。去哪買的？什麼烤雪梨啊？」

藍至梏明顯不想把時間浪費在吃東西上，他皺皺眉，又看看雪梨，客氣地打開來。迎面撲鼻而來的焦糖香味，讓人口水分泌，一小碗裡面有一整顆雪梨，還有銀耳紅棗等，看起來非常可口。

「這個有潤肺清痰的作用，導演，你等會需要說不少話吧？我想一定有幫助。」

「那就吃一下吧，謝謝。」

唐祀青這番話說到點上，只要是跟工作有關，好像就能說服導演好好吃點東西。

「唐祀青，你吃貨真不是當假的耶！我台南住這麼久，怎麼都不知道有這個？」

蔡桃花早就已經把水梨啃了一半，剛剛還一臉嫌惡，現在吃得比誰都開心。

「閉嘴，吃飯。」

「這是甜點。」

唐祀青不理她，也用差不多的速度將他的兩份甜點完食。

「時間差不多了。」藍至梏將一碗雪梨吃得乾乾淨淨，臉色看起來也沒有剛剛那樣蒼白。

蔡桃花綁起馬尾，結果綁得亂七八糟的，讓唐祀青看不下去。「站住。」

「幹嘛啦？導演都下樓去了！」

唐祀青抓住她的馬尾，默默地把髮圈拆下，重新用手梳理重綁。她很驚訝他的舉動，簡直就像在照顧女兒一樣，回想一個月前這個人剛出現時，她還覺得是個累贅、是個會把她吃到破產的人，現在倒好，他也會照顧人了。

「你……你為什麼和剛開始的時候不一樣？」

「怎麼個不一樣？」

「你剛開始來我家的時候就像個無賴，一副打定主意要吃死我的樣子，還擺出神明的姿態要讓我供奉你，可是……你最近……」又是煮粥，又是晚上接送，又是綁頭髮的，她實在很不習慣。

「妳知道人為什麼要養雞嗎？因為要讓雞下蛋，如果不好好養著，雞死了，那誰來下蛋？」

「……所以我是雞？」

「不然呢？」

蔡桃花一轉身，頭髮從他手中滑過，剛要束起來的馬尾又散開了，與她氣得炸毛的樣子特別相符，「你才是雞，你前生後世都是雞！哼！」

唐祀青感覺自己很無辜，實話實說也要被罵。她難道不知道那冰糖雪梨多難買，他利用午餐時間去排了很久才買到的，有誰會像他這樣費心照顧一隻雞呢？

「全當歷劫了。」

下午兩點半，藍海劇團新戲的第一次整排，大家都很緊張，在這次整排之前，已經進行過三十八場的排練，終於準備將整部戲全部排一次，這是一件大事。

「這怎麼跟我知道的戲不太一樣？什麼布景都沒有。」唐祀青問。

「舞台設計目前只設計了形象，過幾天再開一次會，之後才會正式發包製作，你以為做一齣戲那麼容易？」

「就是看到妳，才知道不容易。」他小聲碎念。其實不是他改變了，變得心善了，而是當他真正和蔡桃花朝夕相處後，才發現劇團的工作如此辛苦，而她卻從沒喊過一聲累。是這個原因，才讓他有一點改變。

以及，他還得幫忙這群工作狂，**注意那個隱憂**，隨時會再出現。

怎麼他不當神了，還是這麼累？

整排的走位非常順利，蔡桃花專注地觀察每一位演員的表現，以及導演提點需要重點注意的部分。她手速極快地在紀錄板上寫字，即使速度很快，但字卻寫得清清楚楚，至少不會連自己都看不懂。

此時，戲演到了鄧嘉敏內心獨白拉扯的部分。燈光轉暗，所有的光點都聚焦在鄧嘉敏身上，她的情緒全然爆發，卻只爆發一下下又馬上要收回來，這樣的演出是為了配合台詞的設定。

「好怪喔，就是這裡怪。」蔡桃花呢喃，「好像還差那麼一點，就是這裡。」

「哪裡怪？」唐祀青悄聲詢問。

「這裡是女人獨自在掙扎要不要去驅趕小偷之前的部分，感覺起來這個角色應該要更加地爆發、歇斯底里，可是情緒好像才發洩了一半，就戛然而止，轉換得特別不自然，很不像導演的風格。他從來沒讓劇本出現過這樣奇怪的轉折，導演每一個轉折或暗喻都別有用意，這一次我看不出原因。」

唐祀青完全沒仔細聽她在說話，他看著蔡桃花的雙眼直視舞台，拿著筆的手托著下巴，雙眼出神地說著自己的想法，那模樣哪裡還是他看了好幾年長不大的女孩呢？她此刻閃閃發光，哪怕是在這樣燈光微暗的空間，仍然閃耀得令人移不開眼。

「你是不是聽不懂？」蔡桃花發現沒人回應，惱火地瞪著他。

「嗯。」

「承認得這麼乾脆？」

「好好工作，別看漏了。」

「哼，不用你說。」蔡桃花繼續專心記錄，直到燈光全亮，整排才正式結束。

在場的所有人都拍著手，替第一次整排順利鼓掌。

倏地，舞台一側發出砰一聲的巨響，只見藍至梏像自由落體般往後一仰，應聲倒地。

「導演！」蔡桃花驚呼出聲。

所有人手忙腳亂，但導演只昏倒了一下，很快就恢復過來。

「我沒事。」

「導演，去醫院看看吧。」

「我真的沒事，不然我回家休息一下。」

「我們送你。」唐祀青搶先一步地說，馬上和蔡桃花各自一左一右扶著導演慢慢離開。

藍至梏住在赤崁樓附近，旁邊有一間觀光客特別愛光顧的擔仔麵，但那家他不愛吃，每每出門上班時，總是看見那家店大排長龍。他家在一條曾經翻修過的小巷內，小巷的地板鋪上翻新的紅磚，但依舊窄得只夠一輛機車進入。他家隔壁原本是一間三代同堂的房子，當家作主的阿嬤過世後，家產分一分，最後賣給別人翻修成民宿。偶爾夜歸時，會碰上不少日籍旅客，他完全聽不懂他們在說什麼，恍惚間還以為自己身不在台南。

他獨自住的這間房是租的，這一租十五年過去，他很久沒回真正的家。以前掃墓還會回家，但不知不覺，他連掃墓都不再回去了。

三層樓的屋子很寬廣，但他一樓只用來當車庫，二樓有臥室和客廳，三樓則是不導戲時，作為研讀或創作劇本的空間。

二樓完全沒有隔間，放了一張大床和一組L型的沙發。環境整潔沒有垃圾，只因他很少在家用餐，回家幾乎只有睡覺洗澡。

「你們坐一下，我泡個茶給你們。」

「導演，你別忙了，趕快去躺著。」蔡桃花接過水壺，「我們兩個喝水就好。」

「我不躺了，桃花，妳看過整排有什麼想法？」

「不行，不要再工作了，唐祀青，我們走。」

藍至梏難得露出無助的表情，他坐在床邊認真地問：「桃花，我想知道，整排過後，妳有沒有覺得少了什麼？」

——他果然很在意。蔡桃花很後悔那天告訴導演那些話。

「導演，你一直逼問我，不就代表你自己也清楚嗎？」

「不，我不清楚。」藍至梏欲言又止，「其實這個劇本……算了，你們再陪我一下吧。」

唐祀青拍拍蔡桃花的肩，讓她坐下，自己則是站在玻璃收藏櫃前，看著裡面放著的相框。

「導演，你今年幾歲了？」唐祀青問。

「三十八歲，問這個幹嘛？」

「他啊，職業媒人。」蔡桃花不禁調侃。

「喔？真看不出來。」話題變得輕鬆，藍至梏的表情也不再那麼緊繃。

「導演有喜歡的類型嗎？我可以幫忙。」

「不算有。」

「這話怎麼說？」

「我有一個很在意的人，但我對那個人的在意，分不清楚是什麼感覺，也許是對手，也許是敵人，又也許只是工作關係。」

「聽起來是我們劇團裡的人？不過都在劇團裡，又怎麼會是對手或敵人呢？別的劇團？」蔡桃花的八卦雷達立刻打開，眼睛睜得亮亮的，就怕聽漏了。

「別打探太多了。」藍至梏豎起臉，蔡桃花立刻噤聲。

「光是在意就是開端了，無論是冤家、好緣，起頭都是在意。導演，需要幫你去拜月老嗎？」

「不用，我沒心思認真去談感情，我只想把這齣戲做好。」

蔡桃花垂下目光，認真地問：「導演，這次的戲真的和你過往的風格很不同，你真正想做這齣戲的理念是什麼？」

「是愛。」

「愛？你以前做的幾部戲反而更強調『愛』，但這齣戲比較屬於……討好大眾的類型。」

「桃花，妳學得很快，但看得不夠深，妳還沒有看懂這齣戲。」

「同意。」

蔡桃花瞪了唐祀青一眼，她才不信他看懂了呢。

「導演說的那個地方，為什麼要突然那樣轉折呢？」

藍至桔低下頭，略長的瀏海垂下來遮住他的半張臉，讓人看不清那張有鬍碴又疲憊的臉，此刻是什麼表情。

「因為我想要讓那個角色可以得到救贖，如果任憑角色爆發崩潰，也許這齣戲到了最後一幕，仍然無法讓觀眾感受到溫馨快樂。」

「咦……」蔡桃花皺了皺眉，如果是這樣的爆發走向，她覺得沒有不好，「導演你之前明明說過，如果一齣戲要黑，一路黑到底的效果，會比黑到最後一刻突然反白要好，因為你說那樣太做作，會顯得更突兀。」

「妳記性很好呢，桃花。」

「導演教過的事，我不會忘。」

「確實我是那樣說過，但這齣戲不同，完全不同，等妳真的看懂了就會明白。」

「既然這樣，你為什麼還想要逼問桃花，覺得不妥的地方是哪裡？你明明就知道是哪個部分。」

「我可能有點期待吧，希望有人看完後，能理解那個突兀的點代表什麼，進而明白了我想傳達的想法。」

藍至桔說的話太過藝術，蔡桃花無法明白，唐祀青則覺得，那不過是藍至桔在掩飾謊言的一個說法。

——他在說謊。唐祀青看了那麼多的人類，當然看得出來。只是他看不透謊言背後要隱瞞的是什麼。

「導演，我們去買點吃的給你，好不好？」

「不用了，你們可以回去了。」

「可是……」

「我沒病，我只是最近太累了，回來又沒辦法好好睡，才會有點過勞昏倒。」

藍至梏安慰地說，此刻他的眼皮都快掉下來了，看起來是真的非常想睡。

「我會把整排的報告整理好。」

「拜託妳了。」

蔡桃花一離開，還是很不放心。「現在孤獨死那麼多，要是導演在家摔倒死掉了，怎麼辦？」

「不會有那種事，現在，去吃飯！」

「你現在不是月老了，小心這樣吃下去變胖。」

唐祀青懶得和她鬥，手放在她的頭上，像控制機器人一樣，半推著她往前走。

「喂，長得高了不起啊！很沒禮貌耶。」

蔡桃花張牙舞爪，奈何只能被他推著走。

「今天正好是最後一天，我要吃剛剛路口那家擔仔麵，吃個五碗。」

「那家是觀光客在吃的啦！」

「別賴帳。」

蔡桃花恨得牙癢癢，一心想快點回劇團完成寫到一半的報告，但現在的她只能乖乖就範。

沒想到麵上桌後，她初嘗第一口，竟然覺得不難吃，雖然在地人的比例很少，但也算在水準之上。不過黑白切的味道就有差了，她吃了幾塊就不想吃，通通讓給對面的吃貨。

吃飽喝足回到劇團，他們正要搭電梯，就碰見了狼狽不堪的李家俊，右手用紗布壓著左手，看起來正在出血。

「你怎麼了！」蔡桃花緊張地問。

「要先送他去醫院。」黃郁親扶著李家俊，「借過！」

「蔡桃花，坐電梯了。」唐祀青按著電梯，試圖把她叫回來，「妳不是要趕報告嗎？」

「嗯、對……」電梯門關上，電梯內只有他倆，但蔡桃花的表情卻比誰都還緊張，甚至比剛才藍至梏倒下時，看起來更加無助。

唐祀青沉默半晌，等電梯快到樓層時說：「妳的紀錄板放在辦公室還是丟在排練室？」

「咦?排、排練室的樣子。」

「我去幫妳拿，妳聯絡黃郁親看看，送去哪家醫院吧。」

「咦？」

唐祀青走出電梯，已經幫她按好一樓，還順便按了關門鍵。直到電梯門關上，他臉上冷漠的表情裡，才浮出一絲不捨與不甘的複雜情緒。

他不想讓她一直糾結於過去，但人之所以一直放不下，總有個原因，而那個原因就是當初不明不白地結束一段關係。如果要弄清楚，解鈴還須繫鈴人，必須讓她親自去一趟。

但為什麼，有股悶氣堵在他胸口，脹得難受呢?也許只是剛剛吃太多了。

他去排練室很快就找到紀錄板，將板子放進包包收好。接著又繞去了技術部，想知道李家俊受傷的原因，他不用去細想，直覺這肯定又是同一個人所為。

正巧他一到技術部的走廊就遇到舞監林文隆。「林舞監，剛剛發生什麼事了？上次有跟桃花一起來和您打過招呼，我是導演組的。」他刻意講出導演組，故意誤導成是導演想要了解狀況。

「是我們人員的疏忽，李家俊他剛來可能不清楚。我們的推軌如果推到底，只會輕輕頓一下，但他沒發現那個頓點又繼續推，導致整個道具牆出軌翻覆，好在只是手劃傷，人沒壓到。」

「原來如此。」那這就不是人為了，而是李家俊自己蠢。

「幫我跟導演說，是小事，哎……也不能說是小事，導演不喜歡我們受傷，跟他說下不為例，會好好再做安全教育訓練。」

「麻煩林舞監了。」

唐祀青好像有點明白，為什麼大家對於那個凶手不在意的原因了，就算沒有人為搗亂，劇團好像經常會有類似這樣的突發事件，舉凡導演過勞昏倒、工作人員受傷……確實很容易魚目混珠。

將近深夜十一點。

唐祀青獨自來到祀典武廟，廟公雖然已經休息，但仍然對外開放。他來到梅樹下，心情莫名憂鬱，這種感覺很陌生，以前當月老的時候，他從來不憂鬱的。

「當人類的代價還真多，心情變得不容易穩定。」

「那是自然。」土地公難得化身現形，留著一頭長髮和落腮鬍，手拿陶瓷白酒瓶，看起來格外瀟灑。

「幹嘛浪費力氣現形？」

「陪你聊聊啊，看一個前月老竟然為愛傷神，多有趣。」

「祢的用字遣詞很奇怪，誰為愛傷神？」

「你。」

「祢喝多了。」

土地公灌了兩口酒。「你當月老幾百年了，看過多少癡男怨女，難道不知道什麼是愛嗎？」

「我怎麼可能不懂？我可是前月老。」

「但我們是神，沒有七情六欲。」

「所以呢？祢的意思是我成了人類之身，就會哭會笑了？」

「那倒不至於，你唐祀青沒血沒淚我是知道的。但你現在就在經歷七情六欲。」只是憂鬱一下也算七情六欲？他可不認為。

「你難道真的認為，老大是因為你辦事不周，才罰你來歷劫的？」

「什麼意思？」

「每個緣分自有它的定數，沒有巧合。」說罷，土地公又飲一口酒，身形就漸漸消失了。

腳步聲隨之響起，他抬眼一看，只見蔡桃花竟然從後殿入口出現。

「你怎麼在這？」蔡桃花愣了愣，「我想說你把車騎走了，又沒手機可以聯絡你，我還想來這裡睡一晚呢。」

「來廟睡一晚？」

「對啊，我媽跟我說，睡在廟裡或墳墓是最安全的。」

唐祀青看著那個傻瓜一臉正經地說著明顯是大人哄騙她的話，不禁失笑。這一笑，隨著晚風吹起梅樹的樹梢，讓那抹笑容在月光下，更加清冷，如一朵在夜晚開花的曇花，透著清香和神祕。蔡桃花看得入神，一時忘了說話。

「妳和他談過了嗎？」

唐祀青渾然不覺蔡桃花已經看他看得出神，他有點心急地問。

「嗯？喔……算談過了吧。」蔡桃花輕輕嘆口氣，坐到唐祀青身邊。

蔡桃花低頭醞釀一會兒，才緩緩地說：「我問他為什麼當初不讀不回，他居然說，某一天我的 Line 從他的聯絡人裡消失了，他找不到我的訊息，還覺得是被我封鎖刪除了。但根本不可能吧？你知不知道 Line 這個 APP，就算是被對方封鎖、刪除，雙方過去的聊天紀錄也不會消失，除非是他自己親手刪掉。」

「所以，他覺得是被妳分手？」

「他說那時候找過我，但不知道我家在哪，也不知道我在哪裡工作，更沒有我的手機號碼。他還說……他很高興能重新遇見我，他對我的感覺沒變。」

唐祀青深吸了一口氣，才不會有違教養，罵出不好聽的話。

「唐祀青，我不傻。」

「是嗎？我不這麼認為。」

「當他還想把髒水往我身上潑，我就死心了。他說的話和做的行為永遠對不上。他說他的感覺沒變，那又為何一見面就把公仔還我？他說他找過我，但我那時每天都在相同時間去我們約會的咖啡廳，卻從來沒遇過他。」

「可是看見他受傷，妳不是還是很擔心、很緊張？」

「本來是。但後來看到他和郁親的互動，尤其是他拉著她，要她別擔心時，我一點也不心痛難受，我想我已經不喜歡他了，真的。」

「不喜歡，就好。」

「不過唐祀青，你是不是應該買支手機？不然你把車騎走，我真的很不方便耶。」

「妳的情緒都轉變得這麼快？」

「因為我走得很累、很不開心。」

「可是我沒有錢，上禮拜領薪水都拿去買吃的了。」

蔡桃花看他說得過於理直氣壯，差點想罵人，但想到他剛剛笑得那麼好看，就先原諒他一次。

「我明天上班前帶你去買。」

「妳出錢？」

「不然呢？」

「不客氣。」

「應該要說謝謝！」

「我為妳排憂解難，妳奉上供品理所應當。再不走，妳真的要走路回家了。」

蔡桃花在後頭氣得直跳腳，這人根本不是來歷劫，歷劫的是她的錢包！

唐祀青已經拿到新手機三天了，不過他一直沒有太多時間摸索，只因為他萬萬沒想到，劇團行程居然滿到整週都沒有休息，連星期天也沒有！好好的星期天，蔡桃花一早就在家來回踱步，抱著她的筆記本念念有詞，吵得他在客廳想多睡一會兒都不行。

「妳到底在焦躁什麼？」

「今天要開第一場 Cue 點會議★啊！導演每次都在 Cue 點會議上交代一大堆要改的事，還會要求在隔天第二場會議前就要大家改完。今天我跟助導莉莉會輪流一人記錄十五分鐘，要一字不漏，然後快速整理出來給各個部門，超級麻煩，也絕對不能出包！」

又來了。

唐祀青發現每次蔡桃花都會自己給自己一堆壓力。這些事情、這些會議，她之前做其他戲的時候，一定也都經歷過了，他不能明白為什麼她還有辦法把自己嚇成這樣。

「你知道嗎？上次啊，我記錯了幾個燈光 Cue 點，更慘的是，隔天第二場導演沒有巡到那個部分。結果到了演出當天，第一個燈光就錯誤出包，還是林舞監幫我救回來的！我立刻去跟他對燈光的部分，用十分鐘對出所有錯誤！十分鐘！」

「嗯，十分鐘，很短啊。」唐祀青開始燒起水來。為了因應他這位老是歇斯底里的室友，他特地到中藥行配了幾味藥，調出一款可以讓人穩定情緒的茶，他還貼心地在泡完後加上冰塊。

「十分鐘都可以是一場戲了！很可怕耶！」

「好，喝口茶。」唐祀青將茶杯晃到她面前，蔡桃花的頭髮已經被她自己抓得跟爆炸頭一樣。

「會議不是一點才開始嗎？導演昨天不是說十二點半到就好了？如果心情那麼煩躁，不如妳去買飯？」

「去買飯？好！我需要騎個車！」

「茶先喝完。」

唐祀青很滿意，最近他控制蔡桃花是越來越得心應手了。她不太會反抗，因為一旦她反抗，他會一直重複命令直到她答應為止。

★註：Cue點會議，意即所有相關人員討論和確認各個環節的「提示」和「信號」。

「記得幫我買……」

「不管是什麼都幫你買三份，對吧？」

「嗯。」

唐祀青重新躺回沙發上，拿起手機滑著，但腦袋裡卻想著其他事——那個凶手，什麼時候還會行動？戲都快要完成了，依他的預感，接下來要不是在裝台的時候出事，就是在演出的時候出事。

「依照組織圖來看，負責裝台和演出的人，都是技術部，所以……技術部的嫌疑最大？難道是李家俊？」誰讓他是新來的，總是比較可疑。

唐祀青嚴肅地思考這個問題，而蔡桃花買飯回來後，就開開心心地吃，無憂無慮的模樣讓他有點煩躁。但他又不想說出來，免得害她更煩惱。

Cue 點會議正式展開，且會議不是籠統地在會議室裡開，而是所有相關人員移動到技術部的試裝室。這裡面除了有測試各種舞台的推軌練習，還有燈光設計用來試打燈位的區域。

配合著投影機投影螢幕，大家依序進行整部戲各類 Cue 點確認，舞監的責任尤其重大，因為裝台進場後，現場的一切狀況都將由他來排除。

由於這次李家俊設計了相當新穎、有如電影格般的轉場方式，過往習慣的作業方式都不管用，這讓所有人都必須反覆確認過，才有辦法讓所有點順利到位。

李家俊手上還包著紗布，但他台風相當穩健地在前方侃侃而談。蔡桃花盡量不看他，而是專心記錄，專心到連導演叫她，她都沒聽見。

「桃花，導演叫妳！」莉莉戳了戳蔡桃花的手。

「是！」

「桃花，我剛剛問妳，妳晚點能不能跟家俊一起去驗收舞台的發包製作？畢竟這次的東西很新，我不想等送來再驗收，這樣會來不及修改。」

「今天嗎？」

「妳晚點有事？」

「沒事、我沒問題！」

「那就麻煩家俊跟桃花一起去了。她當我的導助很多年，你可以對她的能力放心。」

「我一直都知道她很有能力。」李家俊笑著說。

蔡桃花不自然地瞄了黃郁親一眼，沒想到她卻很認真地低頭寫筆記，連頭都沒抬一下。奇怪，她都不吃醋嗎？別的女生要和她喜歡的人單獨去工作了呢！

第一場會議結束後，莉莉會負責將兩人的紀錄整理並發送給各單位，桃花則要和最不想見的人一起出公差。

唐祀青本來想跟去，卻被蔡桃花拒絕了。「我不是小孩子了，沒必要讓你像個監護人一樣，陪我去任何地方。」

「……」監護人？所以她一直把他當成監護人?!

「所以說『不是不報，時候未到』就是在說你吧？你這醋勁這麼大，不會是子正偷我的矸灑在你墳頭了吧？」甜妹這次不拿酒釀棒棒糖了，她改拿一瓶沒有標籤的自釀梅酒。

唐祀青離開劇場後，就一路飛奔到祀典武廟，在月老神壇前擲了好幾次筊，才把三位月老通通叫出來。

「妳手上的瓶子很眼熟。」

「這個？是小羊給我的呀！她說找不到酒釀棒棒糖哪裡有賣，就自釀了梅酒給我，是不是很乖？」

「……」難怪蔡桃花最近明明忙到很晚才回家，不會下廚的她，竟還在廚房忙，沒想到居然是給這傢伙……

「喂，我可沒對你用什麼醋研啥的喔！別以後回來狹怨報復！」甜妹太清楚唐祀青看著人卻不說話時是在想什麼了，現在他的腦子裡一定是想著要怎麼把對方大卸八塊！

「要不要我去幫你說個媒？我可是很靈的喔！」子正跳出來搶著說，「這樣以後我四處都能跟人說——祀典月老下凡歷劫的時候，那姻緣可是我說媒的，多有說服力啊！」

厚生從頭髮上抽出一條紅線。「我可以給你們兩人綁一條，而且我不會說出去，只要你以後回來幫我牽一千個姻緣就好。」

「我可是唐祀青。」他壓低嗓子地說。

「所以？」甜妹掏掏耳朵，「你還不是正在為愛煩惱。」

「祢別和土地公一樣，說我是為愛煩惱。」

三神面面相覷，並且異口同聲：「你就是啊。」

「你到底對自己有沒有點自覺？」厚生搖搖頭，「虧你還是個月老。」

「這就是旁觀者清，當局者迷吧？我看過好幾對這樣了，還好我會說話，把他們說得頭腦清醒，趕緊認愛。」

「我看啊，再讓你多吃一點醋，你就會發現了。」甜妹拿著那根挖過耳朵的木棍，作勢就要塞進唐祀青嘴裡。

「祢們，真當我是人類之身，就好欺負了？不過不到百年的時間，祢們最好三思而後行。」

三神的胡鬧立即停止，祂們很清楚，唐祀青這瘋子要是瘋起來，可是連老大都擋不住。人家月老是和和氣氣，只有唐祀青，總是一言不合就拿著拐杖找人打架，把其他神仙打得哭哭啼啼，見他如見鬼。

「你冷靜點。依我看，他們不會怎樣的，蔡桃花和那個人沒有緣分。」厚生煞有其事地說。

「不然，我也是可以讓那男的其他姻緣對他吃醋，如何？」甜妹說。

「還是我去說一說，讓那男的對她徹底死心？」

「甜妹，妳剛剛說什麼？」

「我……糟！被你窺天機了！」甜妹臉色一驚，立刻隱身消失。

厚生嘆口氣。「祀青，你就是太聰明了。」

「救不了你。」子正手一攤，兩神也跟著消失。

這怎麼會是他太聰明？分明是甜妹太蠢，說話不經過大腦吧。

「這下有趣了。」他明明嘴上說有趣，但眼底透著的冰冷，卻不是那麼一回事。

一樣的車，一樣的人。蔡桃花覺得李家俊消失了這麼久，好像都沒變，就連車上調整冷氣的旋轉盤上，依然掛著那個女性化的吊飾。她還記得，李家俊曾經說過這是他媽媽的。

蔡桃花決定沉默，李家俊則播放著他仍然愛聽的歌手，不時跟著哼上兩句。

「最近好嗎？」他問。

「好不好都不關你的事。」

「上次的乾煎米粿好吃嗎？」

「我沒吃，我已經不愛吃那個了。」

「我記得妳不是說那是妳小時候……」

「李家俊，我們就好好工作就好。」

「好，但妳用了『我們』。」

蔡桃花第一次覺得這個人原來很煩人，因為她以前都戴著濾鏡去看他，所以從來不覺得他哪裡不好。現在仔細看來，他的眼睛有點凹陷，一點也不大；他的手依然很漂亮，但唐祀青的更美；他的氣質依然高冷，但唐祀青更……等等，為什麼唐祀青老是從她的二擇一選項中跳出來？她肯定是瘋了。

兩人沒再交談，順利在二十分鐘後抵達位在佳里區的廠房。

在等待接待人員時，蔡桃花確認著各項發包的製品，不禁問：「你這個電影膠卷的想法，真的很新穎，你怎麼會想要在舞台劇上做這種嘗試？」

「這是對同事的提問？」李家俊睜著無辜的雙眼，但在蔡桃花發怒之前趕緊回答，「是導演的劇本給了我靈感，我覺得《聖誕夜奇蹟》在許多場景銜接上都有一些不自然的銜接點，但透過這種轉場方式，反而會變得自然。」

「是嗎？連你也看出來了。」蔡桃花低喃。此時接待人員現身，他們一一點交所有製品。蔡桃花畢竟是藍導帶出來的人，在確認上完全不馬虎，她堅持每一個細節都要確認清楚才能過關，也因為這樣，她挑出不少瑕疵製品。

等到他們都忙完，已經是晚上七點多了。

回程路上，蔡桃花還是忍不住說話：「你怎麼都沒有不耐煩？」

「啊？為什麼？」

「因為我確認得很龜毛啊，還讓廠商很為難。」

「這就是導演為什麼要指定妳來的原因。」他笑了，那笑容曾經讓她嚮往，讓她沉醉。「要不要去吃點東西？」

「不用了，你載我到市區就好，我請表哥來載我。」

「他不是妳表哥吧？」

蔡桃花只回以禮貌的微笑，不再回答，哪怕她清楚地看見他受傷的表情。

車子停下後，他遲遲不願解開門鎖。「桃花，我真的……還想跟妳聊聊。」

「如果是這樣，那你當初就不該那樣做。」蔡桃花側身到駕駛座，按下開鎖。她身上特有的果香依舊，然而他們的緣分早已過期。

蔡桃花一下車，就看到唐祀青竟然早就站在指定地點等她。

「肚子餓了吧？吃飯。」

唐祀青冷著臉，不太想搭理蔡桃花，但聽到她說又要帶他去吃沒吃過的美食，讓他忍不住問：「吃什麼？」語氣依舊冷淡。

「螃蟹粥怎麼樣？很高級的喔。」

「咳，走吧。」

「不過你只能吃一份，因為很貴。」

「我考慮。」

蔡桃花這次沒有生氣，反而笑了。

由於假日沒有休息，一到星期一，每個人都死氣沉沉。就連助導莉莉都難得地跑來找蔡桃花。她們倆分別是導助和助導，一個跟著導演做事，另一個是跟著副導演，所以工作上不太有重疊，很少來往。

而且蔡桃花一直覺得，莉莉並不喜歡她。

「桃花，妳跟嘉敏姐算是有交情吧？」

「嗯……就關係友好，不知道算不算有交情。」

「上次的劇本事件，不也是妳幫忙解決的嗎？其實劇本的事，對嘉敏姐影響很深，我很擔心她的狀況。」

這下子蔡桃花聽出了端倪。「妳該不會是想說，嘉敏姐有可能沒辦法演出？這可不是開玩笑的。」

「我當然也知道，所以這幾天排戲我都盡量滿足她的要求，希望她保持愉快。不只她，上次彬彬被罵過之後，導演私下找了江大哥去聊了很久。是不知道聊了什麼，但江大哥的面色相當凝重，隔天的排戲好像也不理想。」

「妳是說排第四十一場的時候，對吧？我有記錄到，江大哥那天居然忘詞，他很少忘詞的。」

唐祀青眼看蔡桃花自己工作做不完，又要去幫別人，就很想把她敲暈。

「我跟妳去看看吧，這個時間嘉敏姐應該來了。」

「好啊，不過他到底是誰？」莉莉指指旁邊的人形立牌。

「他是我表哥，來打工的，他怕生。」

來到演員休息室，今天下午第一場只有排鄧嘉敏的戲，所以另外兩位演員還沒來。

「嘉敏姐！」蔡桃花朝氣地打招呼。

「桃花，怎麼會過來？」

「剛好跟莉莉聊到上次劇本不見的事，就來找妳一下嘛。畢竟上次之後一直在忙，也沒時間來跟妳解釋。」

鄧嘉敏放下劇本。「但也因為那次劇本不見，讓我對角色的理解重新認知，現在反而覺得是因禍得福。」
鄧嘉敏打探地問，「對了，導演沒對妳說什麼吧？」
莉莉聽到這個問句，識相地退出休息室，她可不敢聽到不該聽的，在職場就是知道越少越好。
「妳是指戲的部分？」
鄧嘉敏嘆口氣，她打開保溫杯喝了幾口。「目前都排到四十幾場了，我好像還是達不到要求。」
「怎麼會呢？嘉敏姐的表演一直都很好啊，真的。」
「——會表演不好，難道不是睡不好的緣故嗎？」唐祀青突然插話。
「你……」蔡桃花真想把他的嘴貼起來，真是哪壺不開提哪壺。鄧嘉敏的臉色不好、黑眼圈很重，即使用粉覆蓋，仍然看得出來。這件事每個人都心照不宣，卻假裝沒看到，只有唐祀青像是吃了誠實豆沙包。
「我……我只是壓力太大了，又不想依賴藥物，而且最近就算我吃了藥，還是睡不好，我試了很多方法，連平常喝的黑豆水，都改成讓身心放鬆的菊花茶了。」
「怎麼會這樣……」
鄧嘉敏欲言又止。「桃花，妳相信鬼嗎？」

「啊？」

「抱歉，當我沒說。」

「我相信。」唐祀青堅定地回答，「有發生什麼奇怪的事嗎？」

「自從劇本不見後，確實發生了很多怪事。抱歉、當我沒說好了，這不該是一個專業演員用來推託表現不好的藉口。時間差不多了，麻煩你們先出去。」兩人就這樣被趕出來，只有蔡桃花還一臉狀況外，完全不知道自己剛剛聽了什麼。

在外頭等候的莉莉問：「妳的表情怎麼這樣？是不是嘉敏姐也對妳說『我可能不要演這個角色比較好』的這種話？」

「她……說了類似的。」

「唉……我真的會瘋掉！」莉莉在旁邊用頭撞牆，蔡桃花則維持傻眼的表情。唯獨唐祀青，一臉老神在在，像是一切都在他的掌握之中。

「唐祀青！」

「喊那麼用力幹嘛？」

「你是不是知道什麼？」

「我不知道怎麼對愚者解釋。」

「愚者？是說我笨？」

「妳的排練時間快到了。」

「啊！」

第四十七場排戲，排的是鄧嘉敏和飾演男主角的江啟明，兩人於最後一幕的一場戲，他們支開了男孩，首次袒露對彼此的心聲。

「你是在同情我們吧？但我們不需要你的可憐。」

「妳怎麼到現在還在說這種話？同情的話，我需要冒著被壓死的風險，跑來這裡嗎？」

「那你就是想要得到我的身體囉？」

「小姐，不是每個人都像妳想得一樣。」

「所以你不喜歡我的身體？」鄧嘉敏露出自尊心受傷的表情。

「不要扯遠了！我只是……和你們待在一起，有家人的感覺。」

「家人？你只是個小偷。」

「對，我是！」

兩人越走越近，此刻的他們不再需要言語，彼此對看，已經心有靈犀。他們越靠越近……

——這場戲需要借位接吻。

然而在這最關鍵的一刻，鄧嘉敏忽然一陣噁心，她摀著嘴，衝出練習區。還來不及找到垃圾桶，就先吐了出來，止不住噁心地狂嘔！

「嘉敏姐！」莉莉驚呼失聲，趕忙上前幫忙，原本在講電話的經紀人也衝過去幫忙。

江啟明拿出手帕摀著鼻子，表情充滿嫌惡，大聲嚷嚷：「沒必要這樣吧？借位接吻而已，就算不喜歡也不需要這種反應吧？」

「江哥，我想嘉敏只是比較不舒服……」藍至梏試圖緩頰。

「對啊，嘉敏姐最近好像都睡不好。」蔡桃花也幫腔。

沒想到這讓江啟明更加反感。「藍導，你這人是最講求尊重舞台的，以前聽說有人發燒排練昏倒了，你還跑去急診室罵他不敬業，怎麼？現在換成鄧嘉敏你就偏心了？」

藍至梏沉默不解釋，但蔡桃花知道。那個演員之所以會發燒，是因為他排練前一天還跑去夜唱，隔天嗓子啞了不說，還感冒了。

「江大哥，消消氣，造型師已經到了，還是您先去試妝？」莉莉趕忙過來圓場，弄成這樣的尷尬局面，每個人都很慌張。

「嗯。」江啟明再怎麼不滿意，這戲都已經排了一半，不可能說不演就不演。他的年紀確實比鄧嘉敏大了十幾歲，接下這個角色前，他也再三思量過。但演員既然接了戲，就要拿出專業，但在接吻前嘔吐，實在是欺人太甚！

鄧嘉敏的狀況很糟，吐了半天，移動到廁所整理時整個人站都站不穩，看起來似乎隨時會暈倒，已經不是可以試妝的狀態了。

藍至梏沒辦法，只好讓鄧嘉敏先回家，並追加造型師的費用，擇日再幫鄧嘉敏試妝。

「導演，造型師說臨時追加要加一點五倍的費用……」蔡桃花回報。

「加吧。」

蔡桃花累得滿頭大汗，這才發現原本一直形影不離的唐祀青，不知道跑到哪裡去了。「這傢伙，該不會又去偷吃吧。」

「偷吃？誰啊。」李家俊從後方出現得太突然，把蔡桃花嚇得退了一步。

「你在這幹嘛？」

「我們等等要技排（註：技術排練），舞監讓我去請導演。」

「喔……」

「妳剛剛說誰偷吃？妳男朋友？」

「我……關你什麼事。」她發現，這個人怎麼可以這麼厚臉皮，她都劃清界線劃得那麼清楚了！

蔡桃花覺得實在太煩悶，突發狀況太多，多到她很想逃避，乾脆躲進道具倉庫，好好冷靜一下。

沒想到她剛進來沒幾分鐘，倉庫門突然被打開。

「就知道妳在這。」唐祀青理所當然地說。

「你怎麼知道？」

「妳一開始就把我往這裡藏，代表這裡很少人會進來。我觀察過了，現在新戲要用的道具，幾乎都放在隔壁間倉庫。」

她不得不承認，他真的很聰明。

蔡桃花縮在道具沙發上，現在的她累得可能只需要閉上眼，就能馬上睡著。

「妳睡一下吧。」

「我怎麼能睡？今天的排練根本亂七八糟。」
「就因為亂七八糟，妳也沒多少紀錄需要整理。」
「……」
「我就在這，三十分鐘後再叫妳。」唐祀青在斜對角的地上坐下，離蔡桃花幾呎距離，但在這光線不足的倉庫裡，那雙堅定的眼睛讓她莫名感到安心。
「好吧。」果不其然，她只閉上眼不到二十秒，呼吸就變得平緩，顯然是進入睡眠狀態了。
唐祀青就這樣靜靜地看著，看著這個無論面對什麼人、什麼事都全力以赴的蔡桃花，好似有消耗不完的精力，但事實上她累了也不說累，痛了也不喊痛。
「真傻。」他明明見過太多癡男怨女，但像她這樣的，他真的第一次遇到。
咕嚕嚕……
唐祀青摸摸肚子，覺得自己身而為人最大的困擾，大概就是特別容易肚子餓，人類真是難為。
咕嚕嚕、咕嚕嚕——
他這肚子簡直就是餓起來怕別人不知道，他趕緊壓著肚子，想讓它不發出聲音，但這一連串的咕嚕聲，好似把蔡桃花吵醒了。

蔡桃花微微睜眼，深深嘆口氣。

「唐祀青，走吧，我們去吃飯。」

「妳才睡了十分鐘而已。」

「但有人的肚子餓不得。」

「妳挖苦我？」

蔡桃花坐起身，睡眼惺忪的表情有點憨，她笑了笑。

「看大胃王吃飯，也是一種療癒。」

唐祀青本來覺得有點面子掛不住，但看蔡桃花笑得這麼真誠，就決定原諒她了。

「劇團附近有一間越南河粉，味道不錯，雖然已經不是道地的味道了，但很合我們台南人的……」她正要起身，才發現自己有些站不穩，身子往前傾去。唐祀青順勢攔腰一抱，蔡桃花的話語瞬時消音。

「謝、謝謝。」她不自在地往後退了一步，而他也趕緊鬆手，兩人的表情隱藏在這光源不足的倉庫中，誰也沒再多說一句話。

小小一間的越南河粉店，內用的座位只有四桌，而且只有老闆娘一人煮餐，卻有好多人甘願耐心等待，包括肚子又咕嚕嚕叫了好幾次的唐祀青。

他們等了二十分鐘左右，一口氣上了四大碗牛肉河粉、一盤雞肉青木瓜沙拉，和一盤越南春捲。

唐祀青雖然面無表情，但他心底對這樣異國的食物感到既陌生又躍躍欲試。蔡桃花察覺到他的不知所措，於是擺出老師的架子。

「唐祀青，這越南河粉的吃法……」

「先吃原味，之後可以加檸檬或是辣椒。」

「你怎麼知道？」

「這裡有寫。」唐祀青指著桌面上貼著的飲食教學，無言地看著蔡桃花。

「吃、吃你的河粉啦！」

她雖然丟臉得面紅耳赤，但也在這瞬間驚覺，她竟然把劇團那堆鳥事全都拋到九霄雲外去。說也奇怪，曾幾何時吃飯這件事，原來可以這麼開心？明明之前她還怕被唐祀青吃垮，現在她卻把這短短的吃飯時光，當成一種休息。

她看著唐祀青優雅且快速地吃著河粉，不時加點檸檬、辣椒，隨著味道發生變化而露出些微驚訝的表情。原來他不是面無表情，只是變化得太過於細微，如果不仔細看，是看不出來。

「一直盯著我，就會飽了？」他抬眼，眼睛似笑非笑，弄得人心慌。

「我是在看怎麼會有人這麼會吃。」

「明明就是看著我流口水。」

蔡桃花翻了白眼，不再跟他鬥嘴，趁著河粉冷掉之前，一下子吃光一碗。

「肉質鮮嫩、湯頭清淡卻有滋味，辣椒帶有香氣，河粉帶有特殊口感。蔡桃花，這間店我喜歡。」唐祀青吃完還自以為是美食評論家地評論了一番，但她才沒認真聽，早就跑去結帳了。

「咳，蔡桃花。」

「幹嘛？」

「早就過一個月了，不用再幫我付錢了。」

「不幫你付？你現在工讀領週薪，那點錢你吃兩天就沒了。」

唐祀青皺著眉，這下子他不只要為自己容易餓的身體發愁，還要為如何去哪裡賺錢養活自己苦惱。生而為人，真難。

——但是就算再怎麼艱難，也不該為了生存去傷害別人。唐祀青體悟到這點，更加確定，他一定要找出幕後搞怪的人。

「聽說明天早上十點，鄧嘉敏會去劇團試妝。」
「你怎麼知道……啊！你那個時候不知道跑哪了，就是去打聽這個？」
「差不多。」
「她來試妝就試妝啊，明天是下午兩點整排，我們一點再到劇團就可以了。」
唐祀青摸了摸蔡桃花的額頭，她嚇一跳差點往路邊跳，他連忙一把將她拉回人行道內側，「明明就沒發燒，腦子不動就算了，眼睛還不看路。」
「難道……嘉敏姐今天突然吐了又不是意外？怎麼可能！」
「我不知道劇團之前是怎麼樣的狀況，但妳冷靜下來好好想一想，在這齣戲之前，你們的突發狀況，真的有這麼多嗎？」
「我……這個可能要回去看一下我的工作日誌。我有動腦好不好？我只是要記得東西那麼多，所以……」
「我知道，妳確實很忙，所以還是能讓腦休息就休息，我來思考就好。」唐祀青輕撫了她的頭，好像在幫什麼過燙的主機降火似地。
「……」蔡桃花一時之間，不知道是該生氣還是該開心，唐祀青就是有辦法把話說得讓人摸不著頭緒。

S3

場景：辦公室
時間：深夜
角色：余導、陳山茶

△播放過往某導演的舞台劇錄影片段。

余導：人人都說我是他兒子，肯定青出於藍勝於藍。他的好人緣，也結交了一堆人脈，每個人都很幫我、挺我，都說我像他，說我有繼承他的才華……看來不只台上的人演戲，台下的人也從來沒下戲。

△播放某導演的聲音，余導和音源對話。

某導演：你這場戲的劇本為什麼要這麼寫？

余導：我認為角色到了這樣的困境，這種反應很正常。

某導演：正常嗎？確定？你明明知道可以更好。

余導：我不認為這樣處理有什麼不對。

△**某導演**：如果你只是為了寫一個充滿話題性且有戲劇性的劇

本，卻忽略了角色塑造以及動機合理化，那你這劇本就是個垃圾。

余導：垃圾？那你還培養我幹嘛？反正我怎樣都無法超越你啊。

△**某導演**：所以，你不喜歡戲？

余導：我……

△**某導演**：你不喜歡，那你為什麼還在這？

△左側燈光亮，陳山茶上。

陳山茶：我也不喜歡那場戲，那場戲是重要的轉折，應該要有更強烈的情緒才對……但換成是我，能比他做得還好嗎？我不知道，我的天賦不夠，就像他也無法超越父親的天賦一樣。可是，我還是喜歡戲。

△燈暗。

次日兩人早早就來到劇團，結果撞見藍至梏也在辦公室內，他穿著和昨天一樣的衣服，看起來像整晚沒回家。

「導演，你該不會沒回家吧？」

藍至梏從一堆資料中抬起頭，他的黑眼圈相當重，「你們怎麼那麼早來？」

「導演……你該不會連睡都沒睡吧？」蔡桃花擔心極了，今天下午可是要進行第三次整排。

「我去躺一下，一點叫我。」他揮揮手，直接倒在角落的躺椅上秒睡。

「除了之前有次改編國外作品之外，我很久沒看導演累成這樣了。」蔡桃花替藍至梏蓋上一層薄被，有點無奈。

「改編作品？那你們這次的作品也是改編嗎？」唐祀青好奇問。

「這次是導演的原創劇本啊，通常這樣的劇本對導演來說應該沒那麼傷神才對，畢竟都是自己寫的。」

「你們劇團到現在為止，改編過多少作品呢？」

「好像也只有之前那次，因為那是導演一直很喜歡的作品。我記得那次可以拿到版權，不是執行製作的人去談的，我記得是……」

「是我。」黃郁親靠在辦公室門邊，瞥了眼藍至梏，「導演又掛了？」

「是妳？妳不是負責舞台的嗎？」唐祀青更疑惑了。

「《妳和我和他的真相》那部劇本來就是我學姐先拿到版權的，但學姐本來就已經屬意要將版權給別的劇團。是我知道風聲後，死活拜託學姐好久，她才願意讓給我們藍海。」

「對耶！我記得那次跟導演去找妳學姐時，正好遇見妳們在吃飯，所以妳才知道了這件事。」蔡桃花恢復記憶了，話鋒一轉，「對了，妳來這裡有事？」

「林舞監要我來找導演問幾個昨天技排上的問題，但……我看晚一點吧。」

「謝謝啦！暫時放過導演讓他睡一下，他好像整晚沒睡。」

黃郁親也有點同情。「所以說啊，導演還真不是人人都能當的。」

時間也差不多了，蔡桃花帶著厚厚一疊日誌前往演員休息室，打算慢慢翻看日誌，順便監視有沒有奇怪的事發生。

造型師還在準備中，鄧嘉敏的臉色依然很差，她甚至連向蔡桃花寒暄客套的力氣都沒有。而且出了那樣的糗，畢竟是個女明星，竟然當眾嘔吐成那樣，沒有走漏風聲給八卦記者就已經很留臉面了。她更不能做出惱羞成怒的反應，只不過自尊心還是讓她臭著臉，不吭一聲。

「嘉敏，我去幫妳泡茶。」經紀人拿起茶壺，並順手拿了兩包茶包。

「麻煩了。」

造型師此時也準備就緒，一連串的試妝正式展開。

唐祀青從頭到尾緊盯鄧嘉敏，目光都沒離開過。他看著鄧嘉敏趁著試妝空檔會補茶、會吃經紀人買來的熟食，她幾乎是狼吞虎嚥，沒有多餘時間細細品嘗。

總算趕在一點多，鄧嘉敏完成所有試妝，她隨即拿起劇本複習和準備。

「嘉敏姐，今天請加油。」唐祀青一說出這句話，最震驚的莫過於蔡桃花。

「喔，謝謝！你是……導演組的吧？」

「是的，非常期待您今天的整排。」他維持著營業用笑容，拉著石化中的蔡桃花走出休息室。

「你、你吃壞東西了？不對啊，早餐是你自己做的耶。」

「妳日誌有看出心得了嗎？廢話那麼多。」

「看出來了啊！我們突發狀況最少的，是改編劇本那次，那次包括首演，所有的突發狀況加起來竟然只有八次，堪稱劇團最少。最多的嘛……本來是第一號作品，現在看來，是這次了，狀況多到我都懶得數。」

「這樣啊。」

「你是不是有什麼想法？幹嘛不和我說？」

唐祀青皺了皺眉。「我也還在思考答案，妳趕快準備整排吧。」

「好啊，你現在自以為了解我的流程了是嗎？」

「一點十五了，妳還沒叫導演起床。」

「你！吼！」蔡桃花立刻拔腿狂奔，以最快的速度飆到導演組的辦公室。由於開門開得太大力，她還不用出聲，藍至梏就被嚇醒了。

「幾點了？」

「一、一點十七分。」

「好，準備吧。」藍至梏揉揉仍有些模糊的眼睛，反覆深呼吸，努力讓頭腦快速清醒過來。

唐祀青一直和蔡桃花保持適當距離，他不想妨礙她專心，也不想被人注意到自己，或許真的太安靜，以至於藍至梏完全忘了要分派任務給他。

第三次的整排正式開始，從走位到演技，整體的流暢度已經和之前有所不同，只不過江啟明和鄧嘉敏之間的對戲，多多少少有一點尷尬感。

此時戲已經排到下半場，來到鄧嘉敏內心獨白最拉扯的部分。

眾人屏息以待，不希望有任何聲音影響到演員情緒的發揮。只見輪到鄧嘉敏說台詞時，突然愣住，一副忘詞的模樣。在整排的時候忘詞，這可是大忌！後台的莉莉和經紀人都嚇傻了，她們直盯著藍至梏，深怕他大發雷霆。

「我、我……」鄧嘉敏不但忘詞，還結結巴巴，她的眼睛瞪著前方空無一人處。她忽然情緒雀躍地揮手，「你怎麼在這？你怎麼會來？」

「嘉敏姐……」

「你……啊！你、你是誰！不是！你不該是這樣！啊啊啊——！」鄧嘉敏忽然又像見鬼似地往後退，她的脖子怪異地往旁邊一歪，接著又吐了，這次吐了幾口立刻倒下，嘴裡仍不斷冒出白沫。

「叫救護車！」藍至梏先一步衝到鄧嘉敏旁邊，由於她的舉止太怪異，竟然連經紀人都不敢接近。

「什麼啊？你們看到了嗎？那是中邪吧？」

「天啊！好恐怖！我第一次看到有人中邪。」

「你們還記得嗎？排演拜拜的發爐事件。」

「對！還有導演的香斷掉的事，一定都跟最近有關。」

「難怪我們一直這麼不順，一定都是……」

「大家安靜！沒事的人都散開，好好讓嘉敏姐就醫才是最重要的，不要在那裡怪力亂神！」蔡桃花竟然搶走藍至桔專用的麥克風，氣得大吼。

這下子，那些竊竊私語的人都閉嘴了，紛紛散去各自該幹嘛就幹嘛，當中還不乏有趁亂偷拍的人。

鄧嘉敏就算在演藝界稱不上是一流女星，但在舞台劇界卻是相當有名的一線演員，把一線演員中邪的照片賣出去，肯定能賣個好價錢。拍照的人很僥倖，因為場面太過混亂，根本沒人注意到他拍了照。

唐祀青沒有理會這片混亂的現場，他三步併作兩步抓住想要趁亂離開的經紀人。

「等一等。」

「唐祀青，是經紀人幹的嗎？」這次蔡桃花可沒看漏唐祀青的行動，她馬上跟了上來。

「你、你們在亂說什麼？」經紀人有點慌張，「我什麼都沒做。」

「妳的藝人中毒了，她今天吃的、喝的不都是妳準備的？」

「是我又怎麼了？難不成我會對自己的藝人下毒？太可笑了。」

「我要檢查她今天吃剩的肉圓和喝過的茶。」蔡桃花強硬地說，「不然我就告訴警察是妳——」

「別血口噴人，吃剩的都在休息室，茶的話在這裡。」經紀人慌張地從包包拿出保溫壺。

他扭開蓋子後聞了聞，「茶包呢？」

「泡完就丟垃圾桶了。」

經紀人帶著他們去茶水間，怎知茶水間的垃圾早就被清空。

「唐祀青，我們的垃圾丟到集中場後還不會馬上被載走，現在去撈還有可能。」

「妳先去，我去確認廚餘。」

「……我怎麼覺得，你會很慢才來？」

「桃花，我陪妳去。」李家俊又來湊熱鬧，「雖然不知道你們要幹嘛，但我聽到你們是要去翻垃圾？我可以。」

唐祀青冷眼一瞥。「經紀人，麻煩妳先把吃剩的食物收好，我和桃花去找垃圾，就不用麻煩技術部的人了，這是我們導演組的事。」

「你確定？多一個人不好嗎？」

「多一個人比較好，家俊，麻煩你了。」蔡桃花叫得太順，渾然不知她喊了人家名字兩個字。這下子立刻讓兩個男人爆炸了，一個是開心的爆炸，一個則是……

幾乎要氣到原地爆炸。

「那我也跟你們一起去。」唐祀青改口，蔡桃花則是一頭霧水，那廚餘誰去確認啊？

他們快速前往地下室的垃圾集中處，但垃圾袋全是紅藍兩色，看起來都一樣，他們只能一包包拆開來檢查。

「要找的是茶包，且一定是兩包一樣的茶包。」

三人分工合作，十五分鐘已經檢查了垃圾桶的一半。就在這時，蔡桃花那裡有了發現。

「是不是這兩包？」蔡桃花拿出兩包茶包，唐祀青立刻湊上去聞。

「不是。」

「好。」

「桃花，妳相信他？」

「他是個超級吃貨，還很會還原食物，他剛剛聞過茶了，我相信他。」

此話一出，只有蔡桃花沒看見，唐祀青的表情有多寵溺，李家俊則是翻了一個白眼繼續找。

「我這邊也找到兩個了。」李家俊拿出兩包大喊。

唐祀青拿起來聞了聞，點點頭。「是這兩包。」他隨即從垃圾堆中翻出塑膠袋，鋪平在地上後，撕開其中一包茶包，一一檢視裡頭的中藥。

「這裡面會有什麼嗎？」蔡桃花問。

「有啊，有毒。」唐祀青輕呼一口氣，確定了毒物，他就放心了。

演員休息室內，經紀人被強制留下來，無法跟著鄧嘉敏去醫院，因為蔡桃花擔心就是經紀人下的毒藥，除此之外莉莉也趕來一探究竟。

「導演在急診室，一有消息就會和我聯絡。」蔡桃花打完電話和大家報告。

「那麼，我說明一下是什麼毒物。」唐祀青將已經拆開的茶包裡的每種藥材都分類好，並開始逐一解說，「這裡頭有枸杞、黑豆、決明子、大麥、桑葉、枇杷葉、甘草，以及這一顆顆看起來是人工切小塊的藥材，這個叫作肉豆蔻。」

「所以肉豆蔻有毒？」李家俊立刻聽明白。

「鄧嘉敏說她有失眠狀況，肉豆蔻確實可以治療失眠，但是在適量的前提下使用。這包茶包的分量，顯然黑豆的量異常少，而肉豆蔻的量占茶包一半，這樣就會有問題了。」

「那個茶包可是她自己買的喔，和我沒關係。」經紀人趕忙解釋，「而且我看她已經喝好幾個月了，怎麼可能現在才有事？」

唐祀青搖搖頭。「這要動手腳不是很簡單嗎？只要找機會掉包一盒她隨身攜帶的茶包，回去再逐一將茶包拆開，變換肉豆蔻的劑量，最後再用封口機壓上，誰看得出來？封口機我查過了，很便宜。」他馬上拿出新買的手機，顯然他已經完全上手現代科技了。

「你的意思是說，那個人在動過手後，再找個機會再掉包一次，這樣嘉敏姐就會一直喝有毒的茶包了？」蔡桃花面露吃驚。

「沒錯，而且兇手還可以依他的計畫，隨時調整劑量。」

「我不懂，那個肉豆蔻既然可以入藥，它到底有什麼毒？」莉莉問。

「肉豆蔻適量入藥是沒有問題的，但是過量的話會產生幻覺、嘔吐、口乾和噁心等症狀。」

「那不就和毒品一樣？」李家俊看向經紀人，經紀人立刻心虛地想要解釋。

「真、真的不是我！我哪懂那些啊，你們這幾個人還不是一樣，對肉豆蔻的知識不足？反而是你，聽說你是導演組新來的，又常跟著桃花跑來跑去，又對肉豆蔻這麼了解，誰不知道你是做賊的喊抓賊？」

「不是他，妳別亂栽贓。」蔡桃花站到唐祀青前面，個頭嬌小的她，把高她好幾顆頭的人護在身後，場面看起來有點滑稽。

「妳那麼幫他，所以妳是共犯？」經紀人繼續火上加油。

莉莉趕忙打圓場。「好了、好了，又不是在玩狼人殺，現在是要詐誰是狼嗎？都不要互相猜忌了，至少我們現在知道嘉敏姐異常的原因，她那些有問題的茶包通通都先收好，至於下毒的人……桃花，這可能要找行政部開會，討論是否要報警。」

「瘋了嗎？票才剛剛開始預售，現在報警的話，票怎麼賣！」蔡桃花立刻阻止。

「我的藝人接你們的戲還被下毒，妳還阻止報警？妳果然可疑。」

「桃花絕對不可能，大家都冷靜點，這件事是不是等導演回來，再開會討論？我也會回去告知我們舞監這件事。」李家俊說完，就抓著蔡桃花的手臂，把她拉出休息室。只是才剛離開休息室，他的手立刻被唐祀青拉開。

「不要隨便碰她。」

唐祀青就這樣從李家俊面前，把還在狀況外的蔡桃花牽著離開。

兩人回到辦公室，蔡桃花覺得頭好痛又好脹，她不懂為什麼有人要對鄧嘉敏下毒，這實在太戲劇化了，簡直荒謬。

「嗯？你怎麼還不鬆手？」她愣愣地看著左手還被牽著，非常不能理解。

「咳，忘了。」

「唐祀青，你怎麼知道那個肉豆蔻的？」

「我可是……」

「對，我忘了，你可是月老下凡。」蔡桃花抓著頭，頭髮都掉了好幾根，「好煩啊！怎麼辦啊！」

「幸好那個毒發現得早，只要趕快把藥排出，就會沒事。」

「天啊，那會上癮嗎？」

「上不上癮，從來就是看個人心理的依賴，而不是藥物本身是否上癮。這就和那些總是陷入不對的愛並執迷不悟的人差不多。」唐祀青意有所指，但蔡桃花一點都沒聽出來。

此時導演的電話來了。「桃花，剛剛你們說找到致毒物，是什麼？」

「是肉豆蔻，嘉敏姐喝的茶包裡，肉豆蔻的分量異常變多，所以才導致幻覺嘔吐。」

「什麼？誰加的？茶包哪來的？」

「導演，我們剛剛還為這件事跟經紀人吵起來了，就是不知道是誰加的，茶包是嘉敏姐自己帶的，所以經紀人說想要報警。」

「報警了嗎？」

「還沒，李家俊阻止她的，說等你回來開會決定。」

「知道了，嘉敏現在醒了，我跟她說一下就回去。」

蔡桃花正想嘆氣，嘴邊卻突然出現吸管，只見唐祀青拿著一杯珍珠奶茶讓她喝。

「等妳今天有空吃晚餐，都不知道幾點了，喝這個至少不會餓。」

「你什麼時候買的？」

「我用這個熊貓叫的。」

「你還會叫外送?!」

「我在妳心裡很笨？」

蔡桃花塞了滿嘴珍珠狂搖頭，吞下後才說：「唐祀青，你太神了，你是我看過適應最快的穿越者！啊不、你不是穿越來的，你是來歷劫的。」

「還知道說蠢話，大腦還沒壞。」

「不過，你已經有底了嗎？關於凶手。」

「毫無頭緒，如果真的是經紀人就太明顯、太沒有邏輯了，藝人是她的生財工具，不可能會下手。至於鄧嘉敏買的茶包，那個品牌我查過了，網路上人人都能買。」

有了糖分補給，她的大腦也靈活起來。「所以可以排除是商家下的手，更不可能是隨機，因為你有說劑量不是一次加重的，那選來選去……還是那個人，當初銷毀劇本的人，是劇團裡的人！」

「很好。」唐祀青點點頭，眼角泛起一點點笑意，這樣的表情變化，蔡桃花當然沒有錯過。她下意識地將吸管湊到他的嘴邊，而他也輕輕含住，雙眼直勾勾地看著她。

「喝、喝吧，你肚子明明就餓得比我快。」蔡桃花背過身，覺得自己的臉頰好像有點燙燙的，她一定是瘋了才會臉紅。

由於事關重大，臨時會議出席的人不多，只有執行製作黃智群、導演、經紀人、林舞監，以及蔡桃花和唐祀青參加。莉莉則是被安排先去醫院陪伴鄧嘉敏。

「這件事我可是堅持報警，我的藝人在你們劇團受到這種迫害，先不提身體會不會造成什麼後遺症，你們劇團必須全權負責到底。當然，我也不是不尊重你們，在這場會議結束前，我還沒上報公司。」經紀人展現出強硬的態度，一方面她也是想自清自己和下毒無關。

「不是吧？絡其姐，妳這話把自己的關係撇清得快了，茶包是嘉敏自己帶的，茶是妳泡的，報警這件事先不談，為什麼我們劇團要對嘉敏中毒的事負責到底？那些費用我們不會承擔，除非妳能證明是我們劇團的人下的手。當然，那也只代表了凶手自己，不代表我們劇團的立場，我們是不會針對這件事賠償任何費用。」黃智群條理分明地說著，雖然語氣平平淡淡，但強硬態度一點也不輸人。

「好，既然沒有共識，那我就現在報警，並且上報公司。」

「請先等等。」藍至梏一直眉頭緊鎖，他總算開口，「我很遺憾嘉敏遇到這種事，她自己本人也對被下毒一事完全不了解，但顯然最近的事情都是針對她。我很贊成讓警察介入處理，但警方偵辦是需要時間的，不只需要嘉敏配合釐清很多人際關係，經手過茶包的妳，想必也會受到調查。這些事情一旦調查起來，我想不只是媒體、在貴公司內，大家不會記得妳是不是清白，而只會記得妳疑似下毒。妳自己在這個圈子應該懂，媒體能載舟，亦能覆舟。」

蔡桃花在內心裡暗自歡呼，心想不愧是導演。

「所以，你打算怎麼處理？」

「我如果是凶手，一定還會再動手。」

「那我們嘉敏不是很危險？還是我們退演算了。」

林舞監搖搖頭。「在不知道凶手是基於什麼理由攻擊嘉敏的情況下，退演的話，妳怎麼能確保她去其他通告的時候，不會有事？」

唐祀青心想，他們現在是想集體用言語洗腦經紀人，只是這種牽強的理由，經紀人能接受嗎？

「而且退演的理由，妳要怎麼向公司說明？」黃智群接著說。

一切原點又回到藍至梏剛剛提過的問題。如果經紀人不想影響自己在公司的名聲，這件事情絕對不能上報，只能抓到凶手，自證清白才能公開。

唐祀青的目光冷了下來，看來理由再牽強，經紀人都會接受了，因為這可牽扯到了個人利益。人類都是自私的，在需要權衡利弊的場合，一定都是先向著自己。

「——絡其姐，」蔡桃花本來一直站在藍至梏身後，她突然往前一步，開口，「我相信妳現在稍微讓步，嘉敏姐也會懂妳的苦心，妳是為了幫她揪出那個可惡的凶手啊！」

「是、是啊。」蔡桃花這句把人性美化的說詞，讓經紀人絡其終於有台階下，「那就先不報警吧。不過，你們打算怎麼找凶手？」

「桃花，交給你們兩個，沒問題吧？」藍至梏話雖然是對蔡桃花說，但他的目光卻看向唐祀青，「我的直覺一向很準，有的人天生看事清楚。」

「多久？總不能你們隨便承諾，到戲都巡迴完了還沒找到凶手吧？嘉敏很容易失眠，如果一直找不到凶手，她的精神狀況只會更差！」

唐祀青悠悠開口：「不急，最慢首演結束前，一定會水落石出。」

藍至梏問：「你怎麼能這麼確定？」

唐祀青欲言又止，結果是蔡桃花幫忙解圍。「因為他有天命體質啦，會算命！哈哈哈！你們就相信他吧。」

眾人雖有疑問，但既然大家已取得共識，該忙什麼就去忙，大家就此散會。

突然，李家俊在大家準備散會時闖了進來，還拉著一個二十初頭的男生。「抱歉，我知道這裡在開重要會議，不得已才把人帶來。」

「怎麼了？」藍至梏問。

「導演，我抓到這傢伙偷拍了鄧嘉敏的照片，好險他還沒外傳，因為這傢伙打算給出價最高的媒體，所以一張照片都還沒流出去。」李家俊拿出手機，手機內果然拍了好幾張鄧嘉敏發瘋嘔吐的照片。

「難道，你就是下毒的凶手？」經紀人瞪著偷拍者。

「下、下毒？我什麼都不知道喔！我只是……聽說鄧嘉敏前幾天吐了，我才想說趁機去看看，搞不好能拍到照片……」

「導演，這傢伙我處理，你們都去忙吧，絡其姐想知道怎麼處理可以留下。」

黃智群發話，不希望這種事情占用藍至梏的時間。

「幹得好！」林文隆拍拍李家俊的肩，「你這小子真的有才華又機靈。」

「謝謝舞監。」李家俊笑了笑，但蔡桃花卻走得飛快，完全沒回頭看一眼。

「唐祀青，你說首演結束前能知道是什麼意思？」

「顯然這個凶手，就是希望你們演出不順利，我又不能把這個說出來，不然那個經紀人能罷休？」

「真的？你確定凶手是這樣想的？」

「妳不在意……李家俊抓到偷拍者的事？」

「我在意那個幹嘛？他抓到人是好事，但不關我的事。唐祀青，你該不會喜歡他吧？」

唐祀青差點沒被自己的口水嗆死。「妳、妳說什麼！」

嘻嘻嘻——

突然間，走廊傳來詭異的笑聲，讓兩人愣了愣，走廊只有他們，笑聲是哪來的？

「甜妹，現身。」

旁邊窗戶陽光沒照到陰暗處，逐漸顯現出一名女孩，祂依舊拿著酒釀棒棒糖，但這次耳機則是掛在脖子上。

「你也有這一天啊！」甜妹滿臉的嘲諷。

「祢為了笑我，還浪費力氣現身，真了不起啊。」

「別把自己想得太偉大，我來牽線的。」

「對喔，郁親的願望是祢負責的。」蔡桃花想起這件事，「不過我看他們好像進展得很慢耶。」

「當然慢啊，你們劇團的人都是工作狂，根本攪不動啊！」甜妹搖搖頭，「哪像你們，整天形影不離，隨時能對你們攪個醋矸！」

唐祀青腳一伸，不准她隨意靠近蔡桃花。「妳可以試試。」

「對啊，冷靜點啊，我跟唐祀青就是戰友，不是妳想的那種。」

「戰友？」甜妹一聽，忍俊不禁。她多想用相機把唐祀青簡直氣得發黑的表情拍下來，回去和其他月老分享。

「妳幫不上忙就別來煩我們，看不出來我們很忙？」

「我知道啊，我都聽到了。」甜妹眨眨眼，接著擺出奸詐的表情，「我可以幫你們喔。」

「走了，別理她。」

「唐祀青！信不信隨你，我可是看到了，有人在經紀人泡完茶後，去垃圾桶特地撿起茶包看。」

「誰？」

「他啊，剛剛你恨不得他魂飛魄散的那位，李家俊。」甜妹得意地兩手一插，「怎麼樣？小羊，我提供這麼大的線索，值得再送我一壺酒吧？」

「什麼？不可能……」蔡桃花脫口一瞬，就瞧見唐祀青臉色黑得發青。

「我、我可以去問他。甜妹，妳確定他把茶包拿起來檢查了嗎？」

「我確定。」

「好，酒我會再釀給祢，祢放心。」

「所以他那時才會在我們要去找垃圾的時候出現。」唐祀青臉色越來越沉，要是他再不理性一點，都想直指李家俊就是凶手了。

「唐祀青，時間也不早了，你先自己去吃飯吧。我去找他吃飯，順便聊聊。」

「妳要去找他吃飯？」唐祀青這句話幾乎是從牙縫中擠出來的，只是蔡桃花太專心在想事情，看都沒看他一眼，就往技術部跑去了。

「從前有個唐祀青，他見誰都不理～有一天啊，他就嘩啦啦啦，摔了一身泥～」

「甜妹，祢是不是想死？」

「我只是在唱歌，想打架？可是你現在打不到我。」甜妹完全適應了已經變成人類的唐祀青，反正這人以後回來也是會找祂們幾個算帳，那現在逮到機會就要嘲諷個爽。

「看來祢真的是膽子大了。」

甜妹拿起木棍甩甩。「而且你現在吃的醋，和我一點關係都沒有，別亂遷怒。」

「我？吃醋？哈！」唐祀青露出假笑，「我唐祀青需要吃醋？」

甜妹惹怒完唐祀青，滿意地消失，祂已迫不及待要好好宣揚唐祀青吃癟的事！

蔡桃花在技術部東張西望，既沒看見黃郁親，也沒看見李家俊。

「桃花，在這幹嘛？不是很忙嗎？」

「家俊！我在找你！」蔡桃花一轉頭就激動地說。

「找、找我？」

「吃飯了嗎？我們去吃飯，邊吃邊說？」

「好啊。」

跟在李家俊後頭的黃郁親這才出聲。「桃花，妳居然約我們新人去吃飯？」

「啊……郁親，不是妳想的那樣。」

「沒事、沒事，你們快去。不過家俊，剩下的工作還是要回來完成啊。」

「沒問題。」

咦？真的沒問題嗎？蔡桃花滿是疑惑，黃郁親不是喜歡李家俊嗎？還這樣笑嘻嘻地送他們去吃飯？難道……這就是她吃醋的表現？

李家俊已經匆匆拿好東西，看她在發呆，便戳了她的額頭一下，像以前那樣。

「走了。」

「喔。」

蔡桃花摸摸額頭，明明是像以前那樣，但很多感覺卻不一樣了。

當李家俊的車停到某間店前，蔡桃花其實是猶豫的。

這間位於安南區的店面，最有名的就是蝦仁炒飯。蝦仁不僅大顆，還會鋪滿在炒飯上，炒飯又粒粒分明不黏膩，帶點焦香的炒蛋更是完美融合。這是他們以前第一次約會的地方。

「還記得那個時候，妳說想吃蝦仁炒飯嗎？我永遠記得妳一看到上菜時，那個誇張的表情，簡直像看到什麼寶藏一樣！」李家俊自顧自地說著。一進門，他已經幫她點好菜了。

「是啊，我記得。不知道是不是還一樣浮誇。」

「當然一樣，我……每次想妳的時候，我就會來。」

李家俊不笨，他不是看不出來，蔡桃花找他出來別有目的。她是個藏不住表情的人，此刻糾結又難為的樣子，一覽無遺。他就是無法忍住不提那些回憶，他就是還想再試試，還有沒有可能讓她回心轉意。

「我是怕我的記憶美化了，等等發現沒記憶中好吃。」蔡桃花擦好了兩人筷子和湯匙，細心地放到他面前。

鋪滿蝦仁的炒飯上桌，光是帶有醬油和蛋香的香氣，就足以證明這盤炒飯一定好吃。

蔡桃花審視這盤炒飯的分量，估計即使分量這麼多，唐祀青肯定也能吃個三份。一思及此，她露出淺笑。

「怎麼了？想起什麼事了嗎？」

「沒事。」蔡桃花決定等吃得差不多時再聊，畢竟壞人食欲這種事很糟糕，她累一天其實也餓了。

——真不知道唐祀青一個人能去吃什麼？

她甩甩頭，發現她好像被吃飯這件事制約了，居然會一直想起唐祀青。

都吃得差不多後，李家俊一如繼往，將車子開到附近的鳳凰公園停好，決定慢慢散步，聽她想說什麼。

「問你喔。」

「問吧。」

「今天你為什麼會出現在演員休息室的飲水區？」

「我剛好也要去裝水，發現你們圍在那吵吵鬧鬧的。」

「技術部那層樓也有很多可以裝水的地方。」

「我剛好去了別的部門，順路過去。」

「那你手上為什麼沒有帶水壺？」

李家俊沉默下來，他知道自己已經穿幫了。

「是你下毒的嗎？」

「當然不是。」

「那你原本是去了哪個部門？」

「忘了。」

「為什麼在絡其姐泡完茶後，你會去把茶包拿起來檢查？」接連的問題轟炸，蔡桃花把最想問的壓在最後，果不其然，她捕捉到他吃驚的表情。

「妳怎麼知道？那裡沒有監視器。」

「為什麼這麼做？」

「我不知道要回答什麼。」

「都這樣了，你還不承認嗎？就像你那時明明不想和我在一起了，卻沒勇氣和我坦誠一樣！」

「我沒有不想跟妳在一起。」

「我現在不想聊那個，你是不是知道調換茶包的人是誰？」

「妳……妳不是懷疑我嗎？」李家俊一愣，他以為自己完全被當成凶手了。

「你不是那種人。」

蔡桃花說得太過理直氣壯了。這刻，李家俊差一點想衝動緊緊抱住她，抱住這個無論任何時候，都選擇相信自己的人。

「要是我在前公司時，妳也是我的同事就好了。」

「別扯其他的。」蔡桃花吃飽了，有吵架力氣了，當然耐心也不足了。

「我確實看到好像有可疑的人進去休息室，拿了一盒茶出來。但因為那天很晚了，林舞監讓我去巡樓看看還有沒有人，他要關掉部分樓層的空調。那時很黑，我並沒有看清楚是誰。」

「不對啊，如果是這樣，那凶手掉包之後，並沒有把掉包過的茶帶出來，而是放在休息室裡，到晚上關燈才去拿？」

「我不知道。」

「那你為什麼會去檢查茶包？不對，你先回答你是哪一天看到的？」

「前天，我前天看到的。然後會去檢查茶包，是因為我昨天本來想去看看演員室有沒有人泡茶，結果那天準備技排太忙去不了，所以今天中午才會過去看看。我看不出異常，沒妳表哥厲害。」

「他當然很厲害。」蔡桃花點點頭認同，接著問，「就算很黑，你看不出身形是男是女嗎？」

「我只看出很瘦，但個子不算矮，我不確定到底多高。」
「那偷拍的事呢？那麼巧剛好都被你遇到、看到？」
「誰叫那傢伙今天跑到我偷懶的地方用手機，平常那裡可是我玩遊戲在蹲點的地方，他看得正起勁，連後面有人都沒發現，所以順便偷看他在看什麼，就被我發現啦。」
「偷懶？你居然是這種人。」
「不、不是這樣的，我也都工作到很晚才回家啊，我又不是沒把工作做完，等等我也會回劇團好嗎？我就是……偶爾需要放空。」
「在哪裡放空？」
「我不想說，那裡現在還是我一個人的。」
「李家俊，要不是我了解你，你現在已經被當成嫌疑人了！」
「又變成三個字了。」
「什麼？」
「沒事。」他的表情有點失落。而她則眉頭緊鎖，不斷想著劇團身型瘦的人有多少，不想還好，一細想發現瘦的人還真不少。
「走吧，送我回去。」

「今天不讓表哥來載妳了？」

「我怕他找不到路。」

「他一定不是妳表哥。」

蔡桃花受夠他這種試探，她露出笑容地回答：「對，他確實不是。」她順勢開了副駕的車門上車，李家俊卻在外頭多停留了一會兒才開門。

「但我肯定，你們沒有在一起。」

蔡桃花癟癟嘴，交往過就是這樣討人厭，都對彼此大概了解一二。

唐祀青從陽台窗戶看見蔡桃花從那台礙眼的車下來時，已是晚上九點多，他們這頓飯居然吃了快三個小時！吃那麼久，都可以把花園夜市吃兩輪了！

他隨即躺回沙發假裝睡著，哪怕桌上還擺著一碗吃到一半的鱔魚意麵。

蔡桃花把燈一開，光看桌上的食物，就知道那人形立牌在裝睡。「哇！好餓喔，居然沒吃完真浪費，我要把它吃掉！」

「咳。」唐祀青立即睜眼，「嗯？妳回來了？」

「你吃飯吃到睡著啊？真厲害耶。」

「我只是眼睛痠，妳剛剛說妳肚子餓？」

「騙你的。」

「我發現妳最近膽子越來越大了？」

蔡桃花點點頭。「這是當然啊！我左思右想都覺得不用怕沒有法力的前月老嘛。而且等你歷劫完，我應該也壽終正寢了，又不用怕這輩子桃花運會被影響，我覺得……」她越說越開心，卻發現唐祀青的臉色比真正的鬼還恐怖。「我覺得我真是三生有幸，才能贏得你這尊大神住在我家呀！啊哈哈哈！洗澡、洗澡！」

「站住，那傢伙說了什麼了？」

「家俊？他說他前天晚上被叫去巡樓的時候，看到有人從休息室拿出一盒茶包。因為沒開燈，所以他只看到是身形削瘦、個子算高，但不知性別的人。」

唐祀青冷笑。「沒開燈、光線不足，他卻看得清楚那個人手上拿的是什麼？妳怎麼還是那麼蠢？」

「又說我蠢！」

「不然呢？出去那麼久，才問出這麼一點事情，還沒發現對方說謊，妳不蠢誰蠢？」

「你、你最討厭了！」

砰！

房門被用力甩上，還明顯聽到上鎖的聲音，而他卻有點被那句話打擊到。叫人家名字叫兩個字，卻說他最討厭？他到現在都還沒聽她叫過自己名字兩個字！

「過分。」氣得他今天也只買了兩份麵，結果食欲不佳，這都是誰害的？

他默默端起碗，繼續把剩下的麵吃完，但怎麼吃，都不覺得好吃了。

「不過，顯然那傢伙，一定知道是誰動手的。是共犯？是的話就再好不過。」

但他相信蔡桃花會信任李家俊，不是沒有來由，而是真的把那個人的本性看清楚了，才會這麼說。

不知道該說她有沒有看人的天賦，她總是會察覺別人內心最想隱瞞的黑暗面。這也是他替她牽了那麼多紅線，最後卻都因為她識破人家祕密而告吹。

她唯一的缺點，就是容易看不清，誰對她才是真心。

「還是過分。」

他默默洗著碗，又默默洗了衣服，哪怕她把門甩上，這個家總比他剛剛獨自在家時，還要好上幾百倍。

才多久時間，他不只適應良好，對她的在意，也越來越嚴重。

月光下，個子高大的唐祀青在陽台曬著衣服，如晚娘般的嘆息聲也悄悄流瀉。

鄧嘉敏經過住院一天後，氣色恢復不少，體內的肉豆蔻都排乾淨，她也不再有那種天旋地轉的感覺。只是心情上，她越來越疲憊。

「嘉敏姐！導演要我們來看妳，咦？絡其姐不在啊？」蔡桃花一拉開病房，就用充滿朝氣的語調說著。

「她去辦出院手續了，真抱歉，讓大家擔心了。」鄧嘉敏雖然毒已排乾淨，面容卻依舊憔悴。

「這個冰糖烤雪梨對妳有幫助，先吃吧。」

唐祀青遞上一碗熱呼呼的冰糖烤雪梨。

「這……我現在好怕亂吃東西，我又中毒了。絡其說，我是喝茶喝到中毒的，她說我買的那個茶不好。」

「嘉敏姐，又不是在拍宮廷劇，哪來那麼多毒讓妳吃到？這個對妳嗓子好，真的。」

鄧嘉敏不再推辭，嘗一口暖呼呼又甜滋滋的雪梨，憂鬱的心情好似也跟著化開。

「對了，嘉敏姐，妳最近去劇團的時候，除了我們，還有沒有哪些人特別常去找妳？」

「最常來找我的一定是莉莉，其他人的話……都是有公事才來找我。行政那邊會來找絡其，技術那邊會來找我對轉場後台走位要注意的部分。妳問這個要做什麼呢？」

「就是覺得嘉敏姐最近有點多災多難，想知道是哪個衰鬼把霉運過給妳，我表哥是通靈體質喔！」

「別聽她胡說。」

鄧嘉敏終於笑了。「桃花，要說誰沒事最常來找我，就只有妳了。」

「我、我不一樣嘛！對了，妳今天下午真的要進劇團排練？」

「我不能拖累大家，我知道昨天導演先讓其他人排戲，今天我一定得去。」

「太好了。」

「怎麼了？」

「上次和嘉敏姐聊天，我還以為妳真的不想演了，又加上妳最近身體不舒服，就算妳現在說要退演，我想導演也不會怪妳的。」

鄧嘉敏吃了幾口雪梨才說：「說也奇怪，住院一天之後，原本頭腦昏沉、濃霧瀰漫的感覺消失了。清晨醒來，我就一直在想戲、想角色，我已經對這角色很熟悉了，她的所有台詞，我都記得一清二楚。如果沒有正式登台演出的話，我才會後悔。」

蔡桃花聽著聽著，感動到眼眶有點紅。「嘉敏姐最棒！嘉敏姐最讚！」她果然喜歡戲、喜歡演員，她最愛藍海劇團了。

「桃花，妳太吵了，外面都聽得到妳的聲音。」絡其一開門就抱怨。

蔡桃花和她交換目光，彼此心知肚明某些事絕對不能和鄧嘉敏提起，默契地點點頭。

「那麼，我們下午見。」

「下午見。」鄧嘉敏想到什麼地又說，「桃花，幫我跟導演說，無論再困難，我都會用最完美的狀態上戲，因為我是演員。」

「好！」

離開醫院後，兩人直接去醫院對面的小吃店吃飯，點了幾碗肉燥飯，配上燙青菜和滷味，這樣簡單的吃食，反而更讓人食欲大增。

「蔡桃花，我怎麼很少看到妳和行政那邊有互動？那個蔡亞庭妳認識嗎？」

「認識啊。沒互動是因為平常工作上很少會往那跑嘛。」

「妳在劇團這麼久了，誰最愛劇團，妳能排得出前十名嗎？」

蔡桃花塞了一口飯，差點沒嗆到，等到吞下才說：「劇團內所有的人，都很愛劇團！」

唐祀青覺得自己真是問錯人了。

「不過，你問這個幹嘛？」

「如果能排得出喜愛度排名，說不定可以有線索。」

「那跟喜愛度排名有什麼關係？」

「我總感覺，凶手也許是『愛之深，責之切』。」

蔡桃花還沒理解這句話的意思，忽然一陣風在旁邊刮起，他們的座位旁忽然多了一個人，正是西裝筆挺的子正。

「好香啊！」子正看著這一桌美食，都餓了。

「子正月老！」蔡桃花一驚，馬上壓低了音量，深怕大家發現這裡突然多了一尊神明現身。

「祢出來幹嘛？」唐祀青滿臉不屑。

「甜妹跟我說，你們在玩鬼抓人，我就來看看啊，結果只看到你們走到死胡同，一點辦法都沒有。」

「祢很閒？閒到跑來偷聽我們說話？而且說什麼『鬼抓人』？我堂堂月老……」

「你現在可是人類。」子正推推眼鏡，滿臉驕傲。

「等我回去，我掀了祢的月老壇，信不信？」

蔡桃花一聽，用力踩了唐祀青一腳。「你幹嘛老是欺負人？」

「我……」唐祀青又痛又想罵人，但因為對方是蔡桃花，又把話全吞回去了。

子正在一旁看得不亦樂乎，祂聽甜妹的話，來這兒看戲果然划算！「罷了，你們忘了我是誰？我可是闊嘴月老，要打聽誰最愛劇團，靠我就對了。」

「真的？」蔡桃花兩眼發亮，她沒想到月老還能幫忙打聽這種事！

「半天時間搞定。」子正頓了頓，「不過……」

「放心，想吃什麼我一定拿去獻給您。」

「不用，不用拜祂！」唐祀青立刻阻止。

「之前你還讓桃花幫你拜了我們三個，怎麼現在……」

「那是之前！還有，她和祢很熟？叫兩個字？」

子正非常慶幸自己現在是神，唐祀青是人，不然祂應該已經被暴打一頓了。真是惹誰都行，千萬別惹一個變成戀愛腦的唐祀青；而且，他本人還沒察覺自己是戀愛腦，這才可怕。

「那我就先去幫忙打聽打聽。」子正瞬間消失，周圍竟然沒人察覺有個人憑空消失，這點讓蔡桃花很驚訝。

「唐祀青，你這人怎麼那麼難相處，一言不合就要使用暴力？不可取。」

「我也沒那麼常。」

「誰說的？每次看到你和同事聊天，聊沒三句就威脅人家，這叫沒那麼常？」

唐祀青活了幾百年，這還是頭一次有人罵他，他卻還不了口的。這真的不像他，他之前明明地位比她高才對。

「食欲不好？你才吃了兩碗。」蔡桃花把其中一碗肉燥飯推到他面前。罵完了人，又給糖吃，以為他會接受？

「哪有不好。」他接受了。

唐祀青覺得這個劇團的人，都很沉得住氣，發生演員失常送醫急救的事件隔天，還能照常排練，照常運作，完全不擔心會不會沒了女演員。尤其是藍至桔，他居然還準備了備用女演員的資料，並針對女演員過往的作品和戲路，做了一份研究。

「導演，你是不是又沒什麼睡了？」唐祀青問。

「我本來就淺眠。」

「我有個問題想問導演。」

「請問。」

「你為什麼要為這個劇團奉獻到這種地步？」

「我只是想把戲做好，不為別的。」藍至梏說著，還打個呵欠，「你的黑眼圈有點重，是不是沒睡好？不習慣劇團的工作節奏吧？」

「導演，沒睡好的人是你。」唐祀青覺得頭真痛，他該拿這些過分努力的人們怎麼辦才好？

「我沒事，桃花呢？」

「她去送資料，應該快回來了。」

「我先去排練室，等等跟桃花說，視訊拍攝改成今天。」

「好。」

等到蔡桃花回來知道要視訊拍攝這件事，立刻像聽了什麼嚴重消息的表情。

「改今天拍？唐祀青，我今天可能要凌晨才能回家了。」

「凌晨？太晚了吧？」

「視訊拍攝完，我要還要剪片啊，剪成廣告宣傳可以用的。重點每次剪完都要給導演看，你不知道，他要求很高，沒剪個四、五次是過不了。」

「剪、片？」他一字一句重複，點了點頭，什麼都沒說地就在自己的電腦前查詢關鍵字，想要立刻學習掌握。

蔡桃花沒空理他。「對了，記得傍晚的時候看看子正月老的進度喔，然後你再跟我解釋和劇團喜愛度有什麼關係。」

下午鄧嘉敏準時上台排練，而唐祀青也展開他高速學習的效率，靈活運用網路媒介學習剪片。

沒想到才過三個多小時，辦公室的燈閃了幾下，他便知道子正要現身了。

子正一現身，便嘖嘖稱奇地湊到唐祀青身旁，好奇地看著他在螢幕上的操作。

「講重點。」他把筆電闔上，少了蔡桃花在，他連基本寒暄都不想。

「你要前十名太多了，因為這個劇團的向心力很高，很多人的愛劇團程度差不多，所以排不了那麼多。」子正拿出掌心大的手記，翻了幾頁欲言又止。

「子正，我沒什麼耐心。」

「我說祀青，你這人可不能過河拆橋，我破例幫你們這一次，你可得……」

「這個週末，我會買一些鹹食給祢。」

子正以為自己幻聽了，一時之間張大嘴巴接不了話。

「沒聽清楚？我會去拜祢。」

「聽、聽清楚了……」觀音啊！這天是要下紅雨了吧？唐祀青居然這麼親切?!

子正嚇得面色慘白，趕緊乖乖念出他調查的結果：「藍海劇團喜愛度排名，第一名藍至梏，第二名廖亦豪，第三名林文隆，第四名黃智群，第五名許金玉，第六名侯郁培。其餘喜愛度沒有差距太大。」

「怎麼沒有蔡桃花？」

「啊？」

「蔡桃花每天賣命工作，怎麼會沒有她的排名？」

「她的喜愛度和其他人一樣啊，就是非常喜歡，差不多排在第七、第八？真的都差不多。」子正有點緊張，他們不是要從喜愛度排名找凶手嗎？沒有蔡桃花不是好事嗎？

「你這個榜單準不準？」

就算再怎麼膽小怕事的子正，一牽涉到祂的專業，祂也會生氣。「唐祀青，你不要太過分了，你知道我拿手的是什麼，這個榜單絕對準確。」

唐祀青抿抿唇。「抱歉。那個廖亦豪是誰？」

「副導演啊，你沒看過？」

「沒看過。」

「也是，他的辦公室和你們是對角線，你當然很難遇到。」

「對角線嗎？知道了，謝謝。」

子正又是聽到「抱歉」又是聽到「謝謝」的，嚇得立刻隱身，趕緊衝到大天后宮去找厚生壓壓驚。祂沒想到唐祀青歷個劫就壞掉了！

「不可能吧！一次過?!不敢相信！」蔡桃花驚呼，揉了好幾遍眼睛，還是不敢相信唐祀青居然只花了兩個小時就剪好一版。兩小時剪好一版聽起來很久，但因為唐祀青的版本是一次通過，這才讓蔡桃花以為自己在做夢。

她不甘心地跑到藍至梏面前，戰戰競競地問：「導演，您真的從頭到尾都檢查過了嗎？」

「我覺得剪得很好，和我們歷年來的風格一致，劇情傳達簡單扼要，抓眼鏡頭也放得剛剛好，幾句情緒激動的台詞做鏡頭連接，都做得很好。」藍至梏點評完畢，讓他們沒事就快點下班。

唐祀青被誇得點頭如搗蒜，很滿意藍至梏的眼光如此獨到，把自己努力的部分全說到位，簡直就是知音。

唐祀青順手往蔡桃花的頭頂一放，像控制機器人一樣，抓著她往外走。

「導演都說下班了，別留在這叨擾導演。」

「你……你只是個打工的！」蔡桃花對工作的自信心受到傷害，她眼角泛淚，覺得唐祀青可惡極了。

「蔡桃花，妳這麼容易就否定自己了啊？」唐祀青按了電梯，淡淡地說，「妳這麼多年的努力，只因為我，就被否定了？」

「怎麼可能啊，我就是有點生氣。」

「這樣就生氣了？那妳敢聽榜單嗎？」

「什麼？榜單已經拿到了？」蔡桃花驚呼，此時電梯在別的樓層停下，她趕緊識相閉嘴。直到兩人移動到脆皮蛋餅店，等點好餐之後才繼續話題。

「所以，榜單如何？」

「妳真的能接受？哪怕妳的名次不理想？」

她歪頭一想。「喜歡的程度哪有什麼好比的？我知道比我更加、更加愛劇團的人，一定有。」

唐祀青仔細地觀察蔡桃花的表情，先從第一名開始說，直到說完第六名，蔡桃花都很淡然。

「真是令人意外，原來林舞監和郁親的熱愛程度都那麼高，我還以為林舞監整天想著要辭職呢。」

「怎麼說？」

「他的臉成天都很臭啊，雖然看到導演會裝一下，但大多時候都面無表情，像個關公一樣。」

「注意用詞。」

「啊、抱歉，關公就是關聖帝君嘛！口誤、口誤。」

「那麼廖亦豪呢？」

「副導很少會在劇團啊，通常是莉莉留守劇團回報演員狀況，不然大多數他都在外地開會或檢驗場地。」

「難怪我沒看過他，那他排練前的拜拜有出現嗎？」

「有，拜完就馬上走了，聽莉莉說，他的行程滿到不輸導演。除了場地的調度，他也會跟很多廠商、廣告商往來，他和導演大概就像是，一個對內、一個對外。」

「妳覺得廖亦豪有沒有可能會對戲、對劇團還是對導演有意見嗎？」

「不可能、不可能！我親耳聽過副導說過，他其實對戲壓根沒興趣，會跟隨導演當個副導演，也是因為當初被導演感動了而已。」

「被他什麼地方感動？」

「這……我不清楚，他沒有仔細說過。」

「那許金玉呢？她又是誰？」

「她是前台經理，她從年輕時就在劇團圈了，這裡好像是她待過的第三個劇團。」

「所以她年紀很大？」

「今年已經五十多歲了。」

聊了一會兒，他們點的幾盤脆皮蛋餅上桌，唐祀青哪怕表情再淡如止水，面對美食，仍一本正經地拿著筷子，一口一塊蛋餅狂塞，好像在他嘴裡不須咀嚼就能吞下，光速地吃完一盤。

「哇！你的嘴不燙嗎？」

「好像燙傷了。」

「你是不是蠢？」

「妳說我蠢?!」

「這個剛起鍋的外皮很燙耶，又沒人跟你搶，你吃那麼快不蠢，難道是我蠢嗎？」蔡桃花刻意加重最後幾個字，一臉「君子回嘴，十年不晚」的表情。

唐祀青看著她報仇成功的樣子，嘴也不燙了，只覺得想笑。

「回家吧。」

「嗯，吃飽好想睡，明天再來思考好了。」蔡桃花伸個懶腰，自然地跳上機車後座，她已經好陣子不曾笑過唐祀青不認得路了。

「唐祀青，你有沒有什麼是學不會的？」

「沒有。」

「你是學不會吃很少。」

「……」

S4

地點：餐廳外的街上
時間：慶功宴結束
登場人物：余導、陳山茶

△陳山茶快步走出餐廳，余導追上。

陳山茶：導演，你到底想幹嘛？

余導：是妳想幹嘛吧？妳剛剛在慶功宴上為什麼要那麼說？說什麼我們演這種爛戲還要賣票給觀眾，都不會良心不安？妳這種話，對得起妳的同事們嗎？就算我的戲真的爛，但成就一齣戲要花多少人力、心力，妳這樣否定他們，不也在否定妳自己嗎？

陳山茶：對，我們做戲很辛苦沒錯，但也是你讓我們做一齣這麼爛的戲，不是嗎？寫你家的八卦給大家看，就這麼值得驕傲？你還不是只是在賣你們家的名氣，不覺得窩囊嗎？

余導：我想增加票房，讓我們的辛苦有代價，錯了嗎？養劇團要錢耶！沒有新戲要上，每個月還是要付給那麼多人薪水耶！為了付劇團場地的租金，那些錢也一直在燒，我這麼做也頂多打平而已。

陳山茶：那是因為你一直做這種戲，當然不會有人想要來贊助你啊！我要是一個喜歡戲的人，我會喜歡你的第一號作品，而不是現在一堆亂七八糟的戲！

余導：我的……第一號作品？妳是說《橙光》？

△余導神情落寞，蹲在路燈下。

余導：《橙光》太成功了，我的第一部作品就做成這樣，我很害怕，會不會這就是我的巔峰，以後再也無法超越？如果無法超越，是不是不要拍一樣類型的就不會被比較，妳根本就不懂！

陳山茶：如果你用這些來當成你自甘墮落的理由，我只會更瞧不起你！我從今天開始辭職、不幹了！

△燈暗。

「蔡桃花、蔡桃花？醒醒！」唐祀青輕拍蔡桃花的臉頰，她睡到不斷發出夢囈，還冒了很多冷汗。

她突然睜開眼，瞪著天花板。「昨天，蛋餅應該要再吃一份。」

「什麼？」

蔡桃花說完這句又閉上眼呼呼大睡，讓他完全摸不著頭緒，她這是累到做惡夢，還是餓到做惡夢？

時間是清晨六點多，他坐在床邊的地上，看著蔡桃花越睡越安穩，自己也睡著了。不知道過了多久，唐祀青緩緩睜眼的同時，居然看見蔡桃花瞪著一雙大眼，臉貼得很近地在看他。

「妳……在幹嘛？」

「我在看……你的皺紋多不多？」

「我確定妳這次不是夢話了。」唐祀青一掌輕推開她的臉，想要站起身，卻發現全身痠痛。

「我說夢話了？做惡夢嗎？」蔡桃花抓著頭，「可是我覺得睡很好耶。唐祀青，你是因為擔心我，才在房間的嗎？還坐在地上，你守了我多久啊？你居然會擔心我？你是不是……」

「閉嘴，梳洗。」

蔡桃花癟癟嘴，不再追問，等他帶上房門，她才輕呼一口氣。

真是太驚險了，她剛剛覺得那張臉果然還是長在她的審美上，差一點就想偷親了！「那張臉真是罪惡。」

而且，她覺得他睡著時，看起來比較有人性，不那麼冰冷，也不那麼難猜。

「蔡桃花，我認為人選是三選一。」唐祀青做了簡單的清粥小菜當早餐，等她一出房門，就先發制人。他萬萬不想她再繼續提做惡夢的話題了。

「什麼三選一？」

「喜愛度排行榜總共有六個人，扣掉導演和副導，再扣掉上了年紀不可能跑得太快的許金玉，不就三個？」

蔡桃花喝了一口粥，覺得胃暖暖的。

「你還沒解釋，到底為什麼一定要從喜愛度的前幾名裡面找凶手。我怎麼想都覺得那三位不可能。林舞監自己都忙死了還搞這些心機？執行的智群和郁培也是……這些意外都反而弄到他們自己，吃力不討好耶。」

「昨天我已經說了是『愛之深、責之切』。如果有人對於這部戲感到不滿意，或是對導演的做法不滿意，不希望這齣戲毀了凶手理想中的劇團呢？這樣的理由，如果不是很喜歡劇團的人，動機不夠。」

「我討厭這樣。」她放下筷子，突然沒了胃口，「我討厭這樣去懷疑並肩作戰的戰友，他們三個，我一點都不覺得有問題。居然是因為很喜歡、很喜歡劇團而被懷疑，那不是很荒謬嗎？我知道凶手一定在劇團裡面，難道不可能是工讀嗎？為什麼一定要懷疑那麼忠心的人？」

「殺伐不果斷，必亂。」唐祀青繼續說，「連導演都認同凶手就在劇團裡，妳還要天真到什麼時候？對方可是為了達成目的，連鄧嘉敏都能下毒，害她得進醫院治療，妳還要繼續假裝一切都很美好嗎？」

「人家說神都是無情的，就是不能對任何一個人有獨愛，必須要大愛，所以才無情，你還真的是像人們說的一樣呢。」蔡桃花也不知道怎麼了，她知道唐祀青說得都是對的，她也知道這種時候鬧脾氣、耍天真不妥，但……她就是不想面對現實。所以只能說出言不由衷的話，哪怕她覺得他根本不會受傷。

兩人不歡而散，蔡桃花選擇搭乘公車去劇團，把機車留給唐祀青。

今天藍海劇團行程繁忙，整排必須要以定妝姿態上場，還要別上麥克風，算是彩排前的小彩排。技術部則是要到附近的商用空間，租一個場地進行正式的裝台排練。

「桃花，你表哥還好吧？」藍至梏一見到蔡桃花便問。

「咦？」

「他不是說他身體不舒服，要請假？」

「喔、對啊……他死不了啦。」

藍至桔突然語重心長。

「就算彼此是家人也不能這樣，越是親密越會互相傷害。」

「我知道。」

蔡桃花努力讓自己專心在工作，盡量不去想唐祀青，以及唐祀青的推測。

「喂……你哪裡不去，來我這重慶寺幹嘛？」甜妹滿是無奈，眼前這個唐祀青，已經坐在小板凳上好久，動也不動，只管臭著張臉，連廟公都被他的氣勢嚇到，暫時躲回後頭宿舍裡去了。

「還能幹嘛？祢忘了祢的醋矸順時針轉三圈感情升溫，逆時針轉三圈破鏡重圓嗎？他這樣子怎麼看都像是失戀。」子正也跟著悠悠地現身。

「失戀？唐祀青？報……咳，真是可憐啊。」甜妹再怎麼喜歡找唐祀青吵架，好歹也是幾百年同事一場，她是真的覺得他可憐。

「所以我要逆時針幫他轉一轉嗎？」甜妹不甘願地問。

兩神見他們這樣聒噪，但唐祀青一點反應都沒有，這下子可真是害怕了。

「子正，失戀有那麼恐怖嗎？」

「祢看過的善男信女也不比我少，問我這個？」

「我有時就不懂啊，來這裡哭哭啼啼的，分手兩個月，整個人瘦了一大圈，有的人還說失去了對方會死。死哪有那麼容易，人類就是天真。」

「是心死。」唐祀青終於開口，兩神立即與他保持三步之遠。

「你真的喜歡上那個蔡桃花了？」子正小心翼翼地問。

唐祀青欲言又止。「我不知道，就是很在意，原先我以為只是她太蠢，蠢到讓我在意，後來我確實覺得她很順眼。」

「我們小羊那麼好，喜歡就承認啊！」甜妹忍不住吐槽。

「可能吧，所以我現在，竟然覺得心很痛。好幾百年了，原來這就是心痛。」

唐祀青摸著左胸口，明明心臟正規律地跳動，他卻覺得刺刺的、悶悶的，尤其是想起蔡桃花，那種感覺還會加劇。

「哇……我都雞皮疙瘩了！」甜妹嚇得連忙隱身，不敢再看下去。

唯獨子正留了下來，祂確實滿擔心唐祀青的。畢竟是歷劫，既然是劫數，必定不容易，也只有唐祀青這樣高傲的傢伙，才會當成是眼睛一眨就過的事。

「她說神本就無情，子正，祢是嗎？」

子正推推眼鏡。「是，也不是。」

「我懂，是大愛，不是小愛。」

「你們老大給你的課題，你還沒悟透。」

唐祀青眉一挑。「子正啊，祢在對我說教？」

「趕快回劇團顧你的女人啦，還有記得我的供品。」

「知道。」唐祀青就是有點受到打擊，出來透透氣罷了。

「唐祀青，給我點炷香，我就幫你。」甜妹的聲音從四面八方傳來。

「我自己就是月老，何需祢？」

「好大的口氣，我等著！」

唐祀青離開重慶寺，在前往劇團的路上，試著把現有的線索串連起來，好讓自己分心。目前看來，如果李家俊要說謊隱瞞的話，那就極有可能是林舞監。但這又很矛盾，林舞監要他去巡邏，結果自己被巡到，這不太可能。

可是另外兩個人，他都不熟，還都是執行那邊的，執行屬於行政部，辦公室確實都在同一側，下一層樓就能到。

「不過執行的人，也會這麼在意戲？」

手機響起，他一看是蔡桃花，只忍耐了三秒就接起來。

「你在哪裡？」

「剛停好車。」

「那是哪？」

「妳要幹嘛？」

「找你一起去跟喜愛度排行的人聊聊啊，讓我證明他們的清白給你看。」

「這個時間，妳不忙？」

「整排是下午三點，我們還有兩個小時。」

「我在劇團停車場，上去找妳。」

「唐祀青。」

「還有事？」

「對不起。」

「嗯。」

喜歡一個人，原來是這種感覺嗎？

可以因為她的一句話受傷，久久無法平復。當他以為心中那塊痛處，要痛到變成一個洞時，僅僅是她一句示好、一句道歉，那塊燼土就能瞬間變回一片花田，彷彿火焰從沒沾染過那裡，彷彿那些傷人的話，早就從心上抹去。

叮——

電梯開門，蔡桃花露出笑容。「我就知道你在這台電梯裡。」

唐祀青嘴角不似以往笑得不明顯，這次是慢慢地滑出一個弧度，輕輕露出幾百年難得一見的笑容。

「是嗎？不算太蠢。」

「對對對，我最蠢。」

由於新戲下禮拜就要正式首演了，每個部門都相當忙碌，尤其是林舞監，下午就要試搭裝台，需要他指揮調度的地方很多。但好在，蔡桃花知道他大概幾點會去吃便當，這才趕緊拉著唐祀青來技術部的辦公室。

「聽家俊說你們有事要問我？」

這句話立刻讓唐祀青意識到，蔡桃花是從誰那裡掌握了吃午餐的消息，心情有點不悅。

「是我啦，有點事情想要詢問舞監，您——」

「您喜歡藍至梏導演的戲嗎？」唐祀青打斷插話。

林舞監面對這突如其來的問題，停頓了三秒，便哈哈大笑。「你問這什麼問題？不喜歡我還會在這？」

「那我們沒有問題了，不打擾。」唐祀青點頭致意。

「咦？可、可是……舞監，您請先忙喔。」

蔡桃花一頭霧水，不是要找凶手嗎？這麼隨便一個問題就能確定嗎？

「另外兩個是執行那邊的吧？走吧。」離開時，他注意到李家俊刻意遠遠地看著他們，哪怕自己手上的工作走不開，他的目光卻始終盯著蔡桃花。

「我懂了……」蔡桃花興奮地拉著唐祀青的手說，「照你昨天的那個邏輯，直接問這個問題的話，看反應就能知道有誰現在不喜歡導演了，對吧？」

「只對一半。」

「誰不喜歡導演啊？你們兩個怎麼那麼常跑來技術部？」黃郁親迎面而來，手上還抱著幾個磚塊道具。

「郁親，我幫妳。」
「不用，這道具輕得和保麗龍一樣。」
「我們在做市場調查，調查看看有沒有人不喜歡導演了。」
唐祀青很意外地看了蔡桃花一眼，他以為她那有話直說又不防備的個性，會直接把他們正在做的事告訴黃郁親。
「咦？會有那種事嗎？」
「理念這種事，是有可能會變的。」唐祀青說。
「如果變了，退團不就好了？」黃郁親不解。
「對啊……有道理耶。」蔡桃花點頭同意，她怎麼沒想過。
「先忙。」唐祀青再度出動控制機器人的右手，放在蔡桃花頭上，強制她往前走，直到進了電梯，蔡桃花才敢發問。
「我剛剛說錯話了？」
「不算錯。只是如果有個人熱愛劇團到某種地步，由愛生恨，哪是退團就能結束的？」
「由愛生恨……我好像沒有這樣過。」
「妳不會。」

蔡桃花看著他先一步走出電梯的背影，瞬間湧上一股溫暖，那種無條件被相信的溫暖。

侯郁培還在吃午餐，因為蔡桃花原本和她約的時間是午餐後，索性他們就打擾了侯郁培難得在午休看廢片的時光。

「你們要問我什麼？」

「郁培，請問妳還喜歡導演的戲嗎？」

「啊？這是什麼問題？不喜歡我就跳槽去果子劇團就好啦，我也滿喜歡他們家的戲。」

「這很難說啊，搞不好這裡的薪水比較好。」

侯郁培一聽，大大地翻了一個白眼。「妳在跟我開玩笑嗎？」

「對不起，是玩笑。」

蔡桃花清楚知道，藍海的薪水確實輸給其他幾個更大的劇團。

「那我們沒問題了。」

「搞什麼，這是什麼忠心度測試嗎？我需不需要回答為導演獻上心臟？」

「不用、不用，那樣就是命案了耶。」

兩人立刻轉身到執行製作的辦公室，只見黃智群的便當沒有動過，還放在一旁，見到兩人進來，也只說稍等一下。

等到她手邊的工作告一個段落，才拆開已經冷掉的便當說：

「想問什麼就問吧。」

「智群姐，妳還愛導演的戲嗎？」

黃智群瞥了蔡桃花一眼。「導演要你們兩個抓凶手，妳跑來懷疑到我頭上？還這麼明目張膽地來問，我很懷疑你們找得到嗎？」

一直沒說話的唐祀青代替回答：「看來智群姐的確不是我們要找的對象，不過妳放心，我們一定找得到凶手。」

「我這人很簡單，不聽人說什麼，只看人做了什麼。」黃智群笑了笑，但笑容裡完全沒有笑意。

「哈哈哈，那就不打擾智群姐用餐囉！」蔡桃花趕忙退出辦公室，嚇得冷汗直冒。她差點都忘了黃智群是個多厲害的狠角色，她可是能在一群對著她無理大吼、想用氣勢逼人的男人面前，平淡地只用幾句話就讓他們閉嘴的人。

「你們劇團真是臥虎藏龍。」唐祀青對黃智群感到很滿意。

「唐祀青，看吧？我就說了，不可能是喜愛度排行的那幾位。」

「打草驚蛇後，必有行動。」唐祀青回以一張高深莫測的表情，接著又說，「整排之前，我們先吃飯？」

「來不及吧？只剩半個多小時，要去哪裡買東西吃？」

「我們可以吃泡麵。」

「泡麵？你又吃不飽，你可是……」

「閉嘴，吃飯。」唐祀青熟練地來到茶水室拿出泡麵，熟練到讓蔡桃花立刻察覺，這個吃貨一定早就偷偷在這吃過了。看他還知道要精算泡泡麵的分鐘數，誰會想到這個人原本是個月老呢？

「我信你。」

「什麼？」

「早上是我鬧脾氣了，對不起。唐祀青，以後我都信你。」

泡麵的熱氣模糊了唐祀青的表情，藏在霧氣之下的，是他眉開眼笑的模樣。

「說了，吃飯。」

下午時段，兩人分頭進行，一個負責記錄整排，一個決定去看看試搭裝台的部分。唐祀青站在最角落、最不容易擋到人的地方觀摩，他站的角度剛剛好在舞台的四十五度角，可以清楚看到舞台前後裝台的樣子。

這次舞台因為採電影膠卷效果，所以推台的人需要高度的默契配合度，絕對不能漏拍。他很好奇裝台完成後，是不是真的能分秒不差地呈現出最好的效果。

試搭花了幾個小時才完成，唐祀青一直待在角落沒移動過半步。對他來說，他已經很習慣守在一個地方觀察，這是他做了幾百年的事，哪怕人類之軀確實讓他有點累。

「要喝嗎？」李家俊走過來，遞了一瓶運動飲料。

「謝謝。」

「你在這看那麼久，也不記錄，是在看什麼？」

「觀摩。」

「真閒啊。」

「當然不及你，又要工作，又要隱瞞真相。」

李家俊皺眉。「聽不懂你在說什麼。」

「聽不懂沒關係，有句話你一定要懂，離桃花遠點。」

「未來的事很難說。」李家俊沒有生氣，表情反倒充滿自信。就是這樣唐祀青才討厭他，一副自己只要再多厚臉皮纏一陣子，蔡桃花一定會回心轉意的模樣。

他不再受李家俊影響，繼續觀察他們在裝台完畢之後的演練，大多是挑一些比較需要技術性以及有安全疑慮的部分來演練。有幾次工作人員都差點因為沒跟好速度，而被拉著走，或是差點被壓到等等，是相當危險的工作。

他心想，還好蔡桃花不是選擇技術部，不然她每天身上一定都會有傷。

整整觀摩五小時，唐祀青才離開。

他若有所思地回到導演組的辦公室，蔡桃花一見到唐祀青，立刻抱怨：「你怎麼去那麼久啊，我工作都做完了。」

「妳今天效率這麼快？」

「後期的整排要注意的地方不多，已經和小彩排差不多了，當然快。」

「所以接下來沒有排練了？」

「明天最後一次整排，下禮拜三做正式的彩排，禮拜四首演……我們的凶手，得在禮拜四結束之前找到。」

唐祀青點點頭。「所以妳後天週末可以放假？」

「當然啊，首演前珍貴的六日，我一定要好好補眠。」

「不行，禮拜六妳得跟我去個地方，為了抓凶手。」

蔡桃花露出楚楚可憐的表情撒嬌。「我不能在家等你就好了嗎？」

「不行。回家了。」

蔡桃花聽到最後三個字，哪怕心裡覺得再苦，都不覺得累了。不知不覺她好像很喜歡他對她說「回家」、「吃飯」這些單字，那就好像在告白一樣，聽了會讓心裡有一點癢癢的，但誰也不想戳破。

說也奇怪，蔡桃花在隔日的整排也順利結束後，覺得一切又變得風平浪靜，彷彿前陣子接連失常的狀況，真的都只是意外。但她清楚，每當她覺得那些怪事可能不會再發生時，總會有狀況。這不過是凶手刻意營造出暴風雨前的寧靜，凶手的目標肯定是在首演時動手。畢竟如果首演出事的話，其他地區的售票狀況一定會被影響，進而退票，那麼這部戲和劇團都會面臨危機。

她同時也發現，擔憂這件事的人不止是她，導演和執行製作的黃智群，他們都很擔心。由於是看不見的敵人，加上敵人還能深入劇團內部，無論再怎麼防，也無法保證萬無一失。

星期六一早，蔡桃花乖乖起床，唐祀青很意外她如此自動自發。

「這麼早？」

「我睡不好，凶手一天沒抓到，我就睡不好。」蔡桃花揉揉眼睛，覺得睡眠品質糟糕透頂。

「今天要去大天后宮找厚生，然後……還要買吃的去給子正還願。」

「你還沒去還？」

「還沒，我這週一直在工作。」

「騙人，吵架那天你明明早上……咳、沒事，哪有什麼吵架呢。」

他的眼底閃過一絲溫柔，覺得逐漸學會讀「他的空氣」的蔡桃花，真是越來越……可愛。

「你耳朵怎麼那麼紅？」

「妳看錯了。」他居然只是想著「可愛」兩個字也能害羞，這件事絕對不能讓他那三個同事知道！

大天后宮的厚生平日業務繁多，即使全年無休地拚命牽線，還是有幾千條的線牽不完，以至於祂的頭髮早在兩百年前就變成了銀白色，是鐵錚錚地過勞象徵。

「你要我牽線追蹤？牽誰身上？這樣能抓犯人？」厚生又以掛著一堆紅線的姿

態現身，一現身就對唐祀青的要求感到不可思議。

「祢的紅線一直都很特別，只要是祢牽的線，它能感應到懷有特別情緒的人，紅線甚至會黏住感應最強烈的人。凶手目前對於搞砸這部戲的執著，已經到了不惜下毒的程度，我認為這個方法，可行。」

「你的意思是，對目標產生憎恨的心情，或是希望對方不好的想法，也算是特別情緒嗎？」厚生皺著眉，不甚理解。倒是旁邊的蔡桃花馬上領悟了。

「所謂的爛桃花也是這樣來的吧？吸引到那些對自己有強烈情緒的人，但那個人未必就是個好人或良緣。」

「蔡桃花，腦子有進步。」

唐祀青完全不懂，自己明明是在誇獎，卻還是讓一人一神都不高興了。

「所以目標一樣是嘉敏姐？」

「對。」

「那你要怎麼看出來誰和她牽上了？而且牽線不是兒戲，若是那個人想加害她，豈能隨便讓無辜的人牽上壞姻緣……」

「所以我也會拜託子正幫忙斬桃花，這樣不就沒事了？至於怎麼看到姻緣線，我記得甜妹的醋矸，人類碰得到？」

本來一直沒有現身的甜妹，聽到這句話就立刻現身。

「你又想對我的醋矸做什麼！」

「很久很久以前，我聽老大閒聊時說過，甜妹的醋矸如果讓人類碰到了，就能看到他人的姻緣線？」

甜妹氣得臉紅脖子粗。「一句話，不可能！」

「那我可以摸嗎？可以看到姻緣線耶！好想看看自己的喔。」蔡桃花興奮地問。

「小羊的話……是可以啦。但小羊可是看不到自己的喔。」

「為什麼啊？我摸了卻看不到自己的姻緣線？」

「所以啊，一般人根本不會打我醋矸的主意，除了唐祀青！」

子正這時也默默現身。「先不提你剛剛說的計畫，我們幹嘛幫你？你可是下凡歷劫的人。」

蔡桃花很擔心，怕唐祀青又要以威逼的方式拜託人家，結果只見唐祀青垂下眼，身子微微鞠躬。「如果有你們的幫忙，可以阻止一件憾事發生，我願意在歷劫結束，回報祢們各一個願望。」

三神都愣了愣，這還是那個只會威脅逼人就範的唐祀青嗎？吃錯藥了吧？

「什麼願望都可以？包括讓你去老大的神壇搗亂也行？」子正簡直不敢相信。

「……行。」

三神一聽，退到一邊悄悄討論了半天，這才由厚生代表發言說：「我們可以答應這個條件。」

「那……我可以摸了嗎？」蔡桃花兩眼發光，對於可以看到別人姻緣線這件事，簡直就是迫不及待。

甜妹搖搖頭。「你們要算好時間，看到姻緣線的效果只有一天。」

蔡桃花拿出行事曆看了看。「嘉敏姐在下星期三會來開彩排記者會，不過待不久，接著就是星期四的總彩排和首演才會出現了。」

「那就下星期四，我會去找妳。對了，記得看破不說破。」

「什麼意思？」

「除了目標以外的其他人的姻緣，就算看到了，也不能明說，會破壞了定數。」

「明白。」

「妳真的明白嗎？毀人姻緣這種事，可是會衰到連下輩子桃花運都不好喔。」

唐祀青嚇唬地說。

「什麼？我、我明白！」

「小羊，這次我要三壺酒喔。」

「三壺啊……好。」蔡桃花覺得自己真的會累死。

「一壺。」唐祀青看不過去，幫忙討價還價，還偷偷瞪著甜妹，用眼神逼她答應。

「……好吧，一壺。」

一切都準備就緒，蔡桃花終於可以回家，享受她睽違十幾天以來的假日。不過，她卻覺得哪裡怪怪的，就像有魚刺卡在喉嚨那樣地令人在意。

「不戴安全帽在發什麼呆？」

「唐祀青，你在盤算什麼？」

「聽不懂。」

「仔細想想，你這陣子做的調查非常多，問的人、問的問題都很多，而且好像是有目的性地在探查，你是不是已經知道凶手是誰了？」

「我要是知道，還需要用這種法子？」唐祀青用問題回答了問題。

蔡桃花瞇起眼，這陣子相處下來，她知道這個人城府深、又懂謀算，所以她心裡根本不相信，他必須要借助別的力量來找到凶手。

「──你只是因為缺乏證據吧？所以你打算把嘉敏姐當成誘餌？把我們的首演當成抓犯人網子？這樣戲會被搞砸的！」

唐祀青嘆口氣，幫她戴好安全帽。「老是說妳笨，還真的就進步了。我若說不會讓你們的戲出事，**妳信嗎？**」

他眼神認真，但語氣卻很輕描淡寫，連蔡桃花都沒有把握。「好，我信。」

「信得那麼沒把握，還是別信了。」

「我知道你對戲沒興趣，但你是心疼我們這些努力的人的，對吧？如果是這樣，你一定不會讓我們的心血泡湯。」

「哪裡看出來我心疼你們？我為什麼要心疼？」

「因為——你愛這個世間的世人啊。」你畢竟曾經為神。這句話她沒說出口，只因為在這一刻，她才突然覺得自己和他離得很遠。他是神，哪怕現在是人，他的愛是給世間的，不是給她的。

時間過得很快，技術部已經進場開始進行裝台作業，藍至梏則是把蔡桃花和唐祀青找去，關心他們目前的進度。

「我需要知道，我們後天的首演會順利嗎？凶手真的會在首演結束前找到？」

藍至梏滿臉憂心，這種意料之外的事一直無法解決，等於給這部戲裝上一顆不定時炸彈。

「導演，我們應該能趕在首演前抓到人。」唐祀青冷靜地說。

「應該？所以這個『應該』的機率是多少？」

「百分之百！」蔡桃花自信地回答。都已經聯手神明的力量了，他們若還抓不到凶手，豈不是很丟臉？

「桃花，妳上禮拜開會時還沒把握的樣子，看來你們已經有眉目？」

「差不多。」唐祀青語帶保留。

「那就拜託你們了。」藍至梏站起身，深深地鞠躬，這讓兩人不知所措。

「導演，你這是做什麼？想讓我折壽啊！」

「我的眼裡只有戲，腦子想的也是戲。我自認已經很努力為劇團了，但還是讓某人不服，想要破壞演出，這是我的錯。」

「導演……」

「拜託你們了。」藍至梏揮揮手先一步離開辦公室。唐祀青從頭到尾都保持沉默，只是看著那抹疲憊的背影，若有所思。

「蔡桃花，你們導演可能已經有底了。」

「什麼?!那他幹嘛不直接把人揪出來，不就解決了？」

「沒有證據。」

「啊，我又差點忘了。」

「看來智商又退回來了。」趁著蔡桃花生氣前，他立刻話鋒一轉，「而且我覺得他對那個凶手似乎很愧疚，才不敢直接指認，才會希望藉我們的手抓人。」

蔡桃花根本沒看出那麼多情緒。在她眼裡，她只知道導演這次為了這齣戲，比之前任何的一齣都還要累，眼睛都是紅絲，黑眼圈深到不知道是不是每天只睡一下下，她很怕他又像上一次一樣暈倒。

「導演為什麼要對那個凶手感到愧疚？」

「因為我原先想錯了，以為凶手是熱愛劇團的人，事實上……」

「凶手愛的是導演？這種愛也太病態了吧？愛他就不該增加他的麻煩啊！」

「愛這種東西很複雜，有時不一定是由愛生恨，有時也因為愛，會對對方的要求特別高，會希望對方能懂自己。」

「我不懂。」蔡桃花直接放棄思考這麼難的問題。

「妳只要負責看到姻緣線就可以了。」

「到時候我要怎麼看？你希望我怎麼做？」

「很簡單，開眼之後，妳只要盯著鄧嘉敏的紅線，看它延伸到哪裡，連到誰身上。妳那天就負責跟著那個人，一定會看到凶手在動手腳，現場人贓俱獲，不就解決了？」

「你講得這麼容易，我還要想辦法讓自己不被對方發現，不是嗎？」

「很難嗎？」唐祀青露出疑惑，「還是對妳太難？」

果然蔡桃花就是不能被激，不就是跟蹤尾隨，誰不會？

蔡桃花家中的燈光一閃一閃的，晴空萬里的天空傳出雷鳴，像極了她把唐祀青罵來歷劫的那日。

她吞吞口水，怯怯地問：「甜妹月老，請問……摸醋矸是這麼恐怖的事嗎？還打雷了，而且我家電燈……」

唐祀青個子高，手一伸就能碰到燈泡，他從工具櫃中拿出燈泡，換了一顆轉上。

「只是電燈壞了，妳在想什麼？」

「你還會換燈泡?!」

「……甜妹，好了就開始吧。」

甜妹白了他一眼。「小羊，妳日日跟唐祀青在一起都不怕了，還怕鬼啊？」

「……在祢們眼裡，唐祀青這麼恐怖啊？」

「比鬼恐怖多了。」

蔡桃花被甜妹煞有其事的表情唬得一愣一愣，最終相信了。「那來吧。」

甜妹將醋矸雙手捧著說：「我說一句，妳跟著念一句。從第一句開始，把妳的左手放在醋矸的瓶身上。」

蔡桃花點點頭。

「弟子蔡桃花，想借用醋矸之力見姻緣，發誓不用於不當、不斂財、不干擾，請求月老將力量分給弟子，用於行善。」

等蔡桃花跟著逐句念完後，她發現並沒有出現像動畫那樣，全身湧現不可思議的力量，或是周遭發出光芒之類的事，她只覺得左手有點溫溫熱熱的，除此之外什麼也沒有。

「唐祀青，你身上沒有紅線耶。」

「誰讓妳用來看我的？」

「妳不用看他的，妳看不到的。」甜妹意味深長地說，「祝你們好運。」

蔡桃花依舊看著自己的左手，感覺異常奇妙。「好奇怪喔，甜妹月老明明是神啊，我居然能碰到神的所有物。」

「那叫作實體化，和她現身的方法差不多，不然誰都能摸一把豈不是太亂？」

「出發吧。」蔡桃花已經做好覺悟，藍至桔也特別讓她今天不用做導助的工作，專心完成這件事就好。

蔡桃花昨天有參加彩排記者會，三位演員明明在排練期間發生很多事，但上了鏡頭，人人都是名好演員。大家都表現得對這部戲充滿信心和喜愛的模樣，也對藍至桔讚譽有加。

她先問了莉莉，關心目前鄧嘉敏的狀況。自從鄧嘉敏在飲食上特別小心後，精神狀況已經調整到可以完美登台的程度。但莉莉其實看得出來，鄧嘉敏不過是為了不能開天窗，強迫自己進入狀況罷了。

下午兩點要開始總彩排，鄧嘉敏中午就抵達劇團，好讓服裝梳化有足夠的時間準備。

蔡桃花原本一到劇團就要去找鄧嘉敏，但因為開眼後的世界太過新奇，導致她一直在東張西望，自己看得不亦樂乎！

她從沒想過，可以看到姻緣線的世界這麼有趣，那些線不一定是紅色，幾乎可以說是五顏六色，甚至還有很多色彩是她在現實世界沒有看過的。線呈現半透明狀，纏繞在每個人的左手小拇指上，無論那人正在做多困難的工作，線都緊緊纏繞著。若是情侶，線的透明度會降低，隨著兩人恩愛的程度，還會發出一閃一閃的光芒，比特效還耀眼。

「哇……這要是情人節的話，眼睛肯定會被閃瞎！你們月老在那些特殊節日一定都不會外出吧？下次我供奉墨鏡給甜妹吧。」

「蔡桃花。」

「知道了、知道了！我沒有要拿來玩，我就只是……咦？」她看見黃郁親和李家俊並肩走在一起，但兩人身上姻緣線的顏色卻不一樣，而且線並沒有加長延伸，而是像斷掉似地脫垂著。他剛剛也有看不少人是這種情況，她猜這是因為那些人並沒有心悅的人。

可是他們兩個……

唐祀青大手放到蔡桃花頭上，強制她專心走路、看路，不要再四處亂看。

「妳別看那個李什麼的了，妳看不到自己的線，所以就算真的有什麼，也不會看見他的線連著妳。」

「你怎麼還在說這件事？我對他真的沒有那種想法。」

兩人進了電梯，好在只有他們兩人，她露出玩味的笑容。「唐祀青，你老實說，你是不是喜歡我了？」

她以為唐祀青會毒舌回嘴，沒想到他只是沉默不語。她偷覷著他，發現他的耳根有一點點紅，意識到什麼的她，也有點緊張了。電梯門一開，她立刻狂奔直衝演員休息室。

「桃花，嚇死人喔！幹嘛突然那麼用力開門！」莉莉抱怨說，「別嚇到嘉敏姐好嗎？」

「對、對不起。」

誰叫她剛剛只是隨口玩笑一句，沒想到唐祀青的耳根居然紅了……

「莉莉，沒事的。最近簡直就是多事之秋，我已經沒那麼容易被嚇到。」

「嘉敏姐，讚！昨天在記者會上妳說得也很讚。」蔡桃花隨即讓自己轉移注意力，開啟話題。

「哪一句？我睡一覺都不記得了。」

「妳說：『藍導常說藝術興於百業後、衰於百業前。而我對於演戲這件事，則是百業在，我永遠都會在。我會永遠把每一個小角色演好，把他們的人生變成我的，把我的人生變成一齣戲，誰也參不透。』這段話真的超讚，我聽一次就背起來了！」

「那只是借花獻佛，我是聽藍導的那句話，才有感而發的。」

唐祀青此時也進來了，他緩緩地說：「古代稱演員為戲子，有時啊，戲子藏在角色的面具之下，會不會有一天連面具下的自己長怎樣都忘了？」

「你總是會突然說出很耐人尋味的話呢。無法下戲這件事，對演員來說是非常不專業的，所以怎麼可能會忘了自己呢？」

「就是啊，人家嘉敏姐很專業！」蔡桃花跟著幫腔，轉眼就忘了，兩人剛剛在電梯的氣氛有多曖昧。

造型師開始為鄧嘉敏做梳化，經紀人親自買了食物來，不假他人之手。唐祀青聞著煎牛排的香氣，肚子餓得咕咕作響。

「你控制一下你的肚子，我們今天可沒時間吃飯。」兩人坐在角落的沙發上，唐祀青難得覺得有點羞恥，表情冷了下來。

奇異的是，蔡桃花居然能從那千篇一律的冷臉中，分辨出他的心情。「等結束，我們就去花園夜市大吃大喝一個晚上，你不是喜歡吃二師兄？整攤都讓你包下來！」

「妳哪有那麼多錢。」

「養你一個唐祀青，我養得起。」

這麼霸氣的宣言，讓他心情又好了許多，一切的變化，她就是能感覺得到。

蔡桃花重新將注意力擺在鄧嘉敏的線上，屬於鄧嘉敏的顏色是淺紫色，目前線沒有和任何人連上，短短地垂掛著，看起來有點孤單。

梳化準時結束，一群人分批移動到演出現場，總彩排即將開始。

蔡桃花簡直成了鄧嘉敏的行走監視器，不管鄧嘉敏是去後台還是去上廁所，她都一直跟著、看著，紅線卻一點變化都沒有。

直到鄧嘉敏正式登台，上半場的彩排很順利，現場也沒有不該出現的人。但就在即將中場休息前，鄧嘉敏獨白的那幕，她看見了，鄧嘉敏身上的線產生了變化，淺紫色的線突然自動延伸，穿進後台的黑暗之中！

「唐祀青，出現了。」

唐祀青一聽，自然地牽住她的手。「妳拉著我，只管專心盯線。」

蔡桃花平常習慣用頭感受他的手掌，第一次覺得原來他的手掌有點冰涼，不似她的手溫熱。

她沒時間思考太多別的事，在鄧嘉敏奮力演出時，她從右側後台進入，準備繞去左側後台。此時技術部的人員都在為了轉場而待命，燈光瞬間一暗，正是要轉場的時刻，所有人摸黑靠著練習過的身體記憶推台，唐祀青輕輕將蔡桃花拉近自己，以防她被撞倒。

「還看得到線嗎？」

「看得到。」畢竟紅線不是現實世界的物品，不受任何光源影響，在黑暗中仍清晰地延伸到不知名的另一端。

「妳報路，我拉妳，我在黑暗中一樣可以看路。」

——太犯規了，這又是什麼自帶神力的技能。蔡桃花小聲低咕。

轉場很快就結束，燈亮之後，他們一度從後台區穿出去，又追著線來到二樓，從二樓的特殊出口進入布幕區。

這裡是有需要撒花、灑紙片等道具所使用的出入口，可以沿著鋼板走到舞台的正上方。而此時，那條紅線終於到了盡頭，盡頭之人正手拿水桶，看似要往下丟。

「妳怎麼在這裡？」

「我……我當然是在工作，小聲點，聲音會傳到下面。」

眼見對方還想裝傻，蔡桃花從震驚轉為憤怒。「這場戲不需要撒道具！妳拿著水桶，不是要往下丟嗎？」

「是舞監讓我來把這個水桶回收的。」

「好，我現在就打電話問他。」

凶手眼見形跡敗露，乾脆一不做、二不休，直接放開水桶，此時下方的鄧嘉敏，還正在演戲——

砰！

水桶落地，舞台上瞬間變得鴉雀無聲。蔡桃花趕緊往下看，水桶不偏不倚地落在舞台中央，所幸只是擦過了鄧嘉敏的肩膀，沒有造成大傷害。

「妳嚇到我了，害我手滑了。」

「上面怎麼回事？」藍至梏衝出來，燈光組隨即打開燈光和布幕，看到了黃郁親和蔡桃花正呈現對峙狀態。

唐祀青一直在後頭錄影，他按下停止鍵，冷冷地說：「鬧劇該結束了。」

黃郁親不甘心地看著兩人，笑了笑，突然縱身一躍——

一瞬間，藍至梏本能地衝出去要接，但一個沒接好，兩個人都摔在一起。藍至梏發出痛苦的哀嚎，左手被黃郁親壓住，痛得整隻手發麻。

「導演！」鄧嘉敏被這些突發狀況逼得情緒又要不穩定了。

「嘉敏，穩住，妳現在不是任何角色，妳是那個遇事冷靜的嘉敏。」藍至梏忍著痛安撫。黃郁親一時爬不起來，卻忽然發出一陣狂笑。

「你還安撫她？安撫她有用？安撫她也演不好這場戲！」

林舞監和李家俊紛紛從後台出來，蔡桃花和唐祀青也下來了，眾人齊站在舞台上，卻沒人敢對這荒謬的一切發表任何一句話，只是默默地扶起兩人，不知道該如何是好。

黃郁親沒受什麼傷，表情充滿了憤世嫉俗，好像不這樣武裝，她無法獨自面對這樣的場面。

藍至梏坐在椅子上，吃痛地壓著左手，用著平淡的語氣說：「我必須要和大家坦承一件事，《聖誕夜奇蹟》不是我寫的劇本，我想，那應該是黃郁親寫的。」

「什麼？」

眾人紛紛發出不敢置信的驚呼聲，但都比不上黃郁親大受打擊的表情。

「我偷了她的劇本，還擅自做了很多改編，一直瞞著大家做出這種道德淪喪的事，我很抱歉……」

「你哪是偷？你是撿！別把自己說得那麼慘，以為賣慘就會有人同情你？你就是從回收桶撿來的。」黃郁親用著歇斯底里的聲音說。

「對，我是意外撿到的，在回收桶裡，但我還是……」

「劇本上沒有署名、沒有任何作者相關的資料，你當然沒辦法徵求作者同意進行改編，別再攬罪了！」

「妳不是很恨導演？現在居然幫他說話？」唐祀青開口。

「我……」

「還是妳不是恨他，妳只是愛著他。」

蔡桃花更是不能理解，凶手是黃郁親已經很令人吃驚了，但她居然愛著導演？那為什麼還要做這麼多壞事呢？

「所以哪怕妳多想要阻止這部戲演出，妳都不曾將手段用在藍導身上，妳寧願對其他人下手。除了發爐，那應該真的只是個意外。」

唐祀青朗聲說：「我來替大家總結整理，妳因為不明原因不希望這部戲順利，因此接二連三地對演員下手，目的就是希望演員被嚇到棄演，整部戲打水漂。妳利用技術部人員的身分，可以自由出入任何地方。大家都很熟妳，不管是在演員休息室、後台還是任何地方遇到妳，都不會被懷疑，更遑論妳一定知道監視器的視線死角要怎麼利用了。妳的行為曾經被李家俊目擊過，我相信妳當時也是用了漂亮的說詞蒙混過去吧？妳甚至還打算嫁禍給李家俊。」

「所以呢？說那麼多幹嘛？你們只能證明我今天丟水桶，但我也沒傷到她啊，去驗傷都驗不出個什麼，傷到導演也是他自己衝過來給我壓的，我可是意外掉下去的喔！你們並沒有任何證據，證明我做了什麼，也不能把我送去法辦，不是嗎？」

黃郁親自顧自地說完，轉身就要離開。

「——對不起，我有改那場戲的理由。」藍至桔突然開口，黃郁親則停下步伐，聽他繼續說。

「我知道這部劇本是某位用心的作者所寫，每一頁都有不停擦掉又重寫的痕跡，每一句台詞、每一場戲，都能從字跡中看出情感。我當初決定做這部戲，其實一直都希望作者能找我私下聊聊。只要作者出現，我一定會向大家道歉，並更名作者，**可是妳都沒出現**。直到這一連串事情發生後，我才猜出來是妳，因為妳耿耿於懷的那一幕，和妳的母親有關，對吧？」

「你怎麼……」

藍至梏笑了。「妳可能不記得了，有次慶功宴妳喝醉了，應該說那時大家都很醉，我本來就不會喝太多，所以是唯一清醒的。結果妳發瘋地衝出店外，我只好追去，那時妳在公園醒酒時，說了很多自己的事，包括妳的母親曾經歇斯底里地控制妳的過去。」

「她跟劇本沒有關係。」

「有關係。就是因為我察覺到作者可能是妳，在發生那麼多事情的情況下，我更不可能改！我原本只是不能理解，為什麼原作者要把那幕變得如此崩潰，因為那一幕和整齣戲的基調格格不入，所以顯得特別突兀。我得說，改了我也不滿意，那一幕戲不管是過於黑暗還是過於壓抑，都很奇怪，但至少沒有那麼極端。」

「我就是覺得那樣改不好！那個角色在那場戲就是要那麼瘋，就是會那樣崩潰！」提到自己的過去，黃郁親變得激動，已經不似剛剛那樣冷靜。

「可是這部戲的基調，是奇蹟，不是嗎？」

「**沒有黑暗哪能感受奇蹟？**」

「……」藍至桔沉默了，忽然笑出聲，「對不起，是我錯了！」

黃郁親驚訝抬頭，對上那雙曾讓她崇拜的雙眼，她比被發現是凶手時還要吃驚。

「是我想進了死胡同，卻沒參透這麼簡單的邏輯。嘉敏，我想要改戲，妳有辦法重背一段新的台詞嗎？做得到嗎？」

鄧嘉敏換上專業的神情說：「沒問題。」

「妳還記得妳那段原本的台詞嗎？編劇黃郁親。」

黃郁親點點頭，三人就這樣在這詭異的情況下當場改台詞，彷彿凶手不是凶手，戲不是戲。

十五分鐘後，藍至桔讓鄧嘉敏抓緊時間練習，於十五分鐘後繼續進行彩排，總彩排的時間延後四十五分鐘。光是這點，又讓劇團所有部門的人手忙腳亂！

唐祀青搖搖頭。「之前說什麼找不到凶手會很糟糕，看起來沒有很糟糕啊，找到了你們一樣忙於工作。」

蔡桃花笑了。「這就是劇團啊，我們都是愛戲成癡的傻瓜。」

當然也有部分的人沒有加入傻瓜團中，那就是經紀人絡其。她計算了鄧嘉敏因為這一連串的事件所受到的精神賠償、健康賠償等，要求黃智群那邊必須要買單。黃智群身為製作當然不可能答應，兩人在辦公室一來一往地討價還價，吵得臉紅脖子粗，誰也不讓誰。

總彩排就這樣直到首演開演前三十分鐘結束。按照劇團慣例，開演前一定會進行「三合一儀式」，也就是演員、技術、行政三方集合，在舞台上圍成一個大圈圈。

藍至梏因為左手受傷舉不太起來，只好由副導搭著肩陪行，他看向遠處的黃郁親，大喊：「不過來在幹什麼？」

「我已經不是你們的一分子了。」

「對啊，妳不是了，但在這齣戲巡演結束之前，妳得做一天和尚，敲一天鐘。」

黃郁親眼眶一紅，不甘願地加入大圈圈。

唐祀青完全感受不到眼下感動的氛圍，倒是蔡桃花哭得眼淚停不下來，也不知道有什麼好哭的。

三大組集結成一個圈很壯觀，這其中也包括了義工團，大家牽在一起，就好像心也連在一起。

藍至梏清清喉嚨說：「排練的這幾個星期辛苦大家了！雖然發生很多事，但只要戲好，就值得。《聖誕夜奇蹟》是一齣溫暖人心的好戲，而它能成功巡演，不是因為我，是因為你們，是因為每一個人付出的努力，才能成就。藍海劇團不一定做的戲都是人們口中的好戲，但我們能保證的，是一定能把戲做好。今晚大家加油！」

「加油——！」眾人齊聲附和，場面尤其壯觀。

唐祀青這個局外人，一直在旁觀著他們這場戲中戲，但隨著不自覺跟著脫口喊「加油」的一瞬，他笑了，意識到自己不知不覺，也為戲共鳴，成為戲中人了。

蔡桃花坐在劇團辦公室內，本來處於情緒澎湃而無法思考的狀態，如今首演順利結束後，她越想越不對勁。

「不對啊、不對喔！這結局不是很奇怪嗎？我們原本是在找作惡的凶手耶！為什麼反而是導演幫郁親扛下一切賠償，還讓她繼續待在劇團，直到巡演結束啊？這到底是在演哪齣？都沒有人被繩之以法耶！」

「黃郁親自己不是也說了，沒有直接證據，要怎麼繩之以法？她也沒有直接承認啊。我看過你們的六法全書了，她的確無法被起訴任何事。」

「是喔……不對啊，你什麼時候看的？那本書那麼難、那麼無聊耶。」

「我可是唐祀青。」

「你根本就是開掛來歷劫的吧。」

唐祀青繼續說：「劇本本來就是黃郁親寫的，她的出發點在於她原本在意的地方被改了，改的人還是她愛慕的人。而會讓這一切走到這個地步，都是因為她自己沒勇氣認可自己的作品、承認自己的作品。她確實做錯了，但沒鬧出人命，鄧嘉敏接受了賠償，也願意原諒。我認為我們既然不是當事人，就沒資格去批評他們的糾葛。」

「就像你從不批評我們這些為愛變成癡男怨女的信徒？」

「沒錯。重點妳有看到嗎？黃郁親和導演之間有沒有線？」

「有是有，不過連接他們的那條綠線，顏色非常的淡，不仔細看根本看不出來。而且原本黃郁親和鄧嘉敏連接的線，也在敗露當下就瞬間消失了，好神奇！」

「人的情緒變化是很快速的，可能在一瞬間愛上一個人，也可能突然就不愛了、不恨了。至於很淡……嗯。」

「那代表了什麼嗎？」

「天機不可洩漏。」

「哼，不說就不說。不過……我們這樣算不算白忙一場啊？」

「你們可以放心巡演，不會再有人搗亂，怎麼會是白忙一場？妳還打算在這裡待多久？」

「啊？」

「妳答應我要去花園夜市，現在已經十一點了。」

蔡桃花這才驚覺她讓這個吃貨餓了整整一天都沒有餵食，趕緊拉著他下班去。

唐祀青本來餓到很想生氣，但看她拉手拉得那麼自然，也不氣了，覺得他們乾脆不要騎車，就這樣拉著走去夜市也很好。

「啊！」蔡桃花突然一驚！

「怎麼了？」

「甜妹月老的線真的牽成了耶！黃郁親不是一直求嗎？雖然線很淡，但她確實和導演牽在一起了！」

「……這有那麼驚訝嗎？」

「當然驚訝啦，代表甜妹很靈驗，心想事成耶！我決定還是給祂釀三壺酒！」

「我怎麼覺得妳在諷刺我？」

蔡桃花回頭一笑。「你也很靈驗啊，真的下凡來負責了。」

無心一句，卻惹得鐵石心腸心癢，有如羽毛輕撫過境。

「蔡桃花，現在的我不是只愛世人的神。」

「對啊，你不是神了，快點出發吧，你不是很餓？」

「我來歷劫，只為了愛一個人。」

唐祀青直視著蔡桃花，說得認真，但肚子卻發出咕咕聲。

蔡桃花再也忍不住爆笑。「知道啦，吃飯！」

晚風很涼，蔡桃花坐在後座，紅透的臉頰被晚風吹得很舒服，她知道桃花來了，還是一個認識了很久、很久的桃花。

地點：書房、舞台劇現場

時間：下午

登場人物：陳山茶、余導

△陳山茶專心地在筆記本上寫作，偶爾會劃掉一些句子，刪刪減減，她覺得這就像人生。

陳山茶：衝動辭掉劇團的工作，後悔嗎？當然後悔，那是我曾經最喜歡的工作。

△陳山茶低頭寫作，燈暗，場景轉換。陳山茶變成舞台下的觀眾。

陳山茶：沒想到余導竟然把那場戲改了，真奇妙。原本情緒被完全帶成商業娛樂的戲，那場改掉之後，立刻反轉了所有既定印象，好厲害……

△余導上。

余導：都已經離開劇團了，還來看戲？戲已經散場了。

陳山茶：就是看看。

余導：如何？都辭職了，應該可以說點真心的評論。

陳山茶：出乎意料。我沒想到你改了那場戲，整個觀感都不一樣了。

△余導席地而坐，望著已經徹景的布幕。

余導：妳辭職後，去做了什麼行業？

陳山茶：不關你的事。

余導：所以，要不要試試妳的劇本？

陳山茶：你在說什麼？

余導：我知道妳常常在深夜的時候寫劇本，我看過妳丟到垃圾桶不要的稿子，我喜歡「以為是看戲人，其實是戲中人」的故事概念，我記得那是一個跟月老有關……

陳山茶：你、你偷看我的故事！

余導：我猜妳是受到《六個尋找作者的劇中人》的啟發，妳做到了我做不到的事，很了不起。

陳山茶：我的那齣戲，沒那麼好。

余導：我知道啊，妳有些台詞寫得文不對題，確實不太好修，但是妳的故事核心，很有力量。妳把悲劇做成了喜劇，那不就正是我們劇團的核心思想嗎？

陳山茶：時間加悲劇等於喜劇？我才沒那麼偉大。

余導：好的劇本，只要看了幾場戲，就知道它有沒有價值。
△余導對陳山茶伸出手。
余導：我只怕妳的第一個作品太成功，會迷失自我。
△陳山茶抓住余導的手。
陳山茶：你真的很喜歡找爛戲來拍，對不對？
△余導把一支小花遞上。
余導：送妳這朵不知名的小花，當作邀請妳來劇團當編劇的邀請費。陳山茶，我相信我們對戲的想法是一樣的。
陳山茶：是山茶花啊。
△余導收回花。
余導：那可不能送妳，要是斷頭就糟糕了。
陳山茶：送我吧，山茶花也有克服困難的意思，我會克服困難的。希望你也會。
△余導重新遞出花，陳山茶接花的瞬間，花朵掉落。
△燈暗。

全文完

後記

我經常因為一首歌而有一個故事的靈感輪廓，這次的《月老在上》也是如此。

那時我看了一個真人秀，被當時三位表演者的〈伶人〉所感動，我愛上了那種「以為是看戲人，其實是戲中人」的意境。

於是，關於一個求姻緣老是失敗告終的女孩和腹黑月老的角色，就這樣闖入腦海。並私心將最愛的劇團形象植入其中，也為此採訪了一群故事工廠的志工們。和他們談話的那個下午，我被他們無私奉獻的熱情感染，進而讓這個故事舞台變得更加完整。

只是，當我完稿時，我深知自己並沒有寫到自己想要的那種樣子，不管怎麼看，它就是少了一種感覺。

然而或許是月老眷顧（並沒有，祂老人家自始至終都只給我笑筊），我遇見了雅婷編輯，她精準的建議讓我找到修稿方向，這個故事才得以完成至我想像中的樣子。

我喜歡戲，喜歡李國修先生的信念，我想用一個故事來致敬這一群為舞台劇犧牲奉獻不計代價的職人們。

——A.Z.寫於二〇二五年二月十三日

國家圖書館出版品預行編目資料

月老在上 / A.Z.著. -- 初版. -- 台北市 : 春光出版, 城邦文化事業股份有限公司出版 : 英屬蓋曼群島商家庭傳媒股份有限公司城邦分公司發行, 2025.04

256面 ; 14.8×21公分

ISBN 978-626-7578-27-8(平裝)

863.57　　114001789

月老在上

作　　者／A.Z.
企劃選書人／王雪莉
責 任 編 輯／高雅婷

版權行政暨數位業務專員 ／陳玉鈴
資深版權專員 ／許儀盈
行銷企劃主任 ／陳姿億
業 務 協 理 ／范光杰
總　編　輯 ／王雪莉
發　行　人 ／何飛鵬
法 律 顧 問 ／元禾法律事務所　王子文律師
出　　　版 ／春光出版
台北市115南港區昆陽街16 號 4 樓
電話：(02) 2500-7008　傳真：(02) 2502-7676
部落格：http://stareast.pixnet.net/blog　E-mail：stareast_service@cite.com.tw
發　　　行 ／英屬蓋曼群島商家庭傳媒股份有限公司城邦分公司
台北市115南港區昆陽街16 號 8 樓
書虫客服服務專線：(02) 2500-7718 / (02) 2500-7719
24小時傳真服務：(02) 2500-1990 / (02) 2500-1991
服務時間：週一至週五上午9:30～12:00，下午13:30～17:00
郵撥帳號：19863813　戶名：書虫股份有限公司
讀者服務信箱E-mail: service@readingclub.com.tw
歡迎光臨城邦讀書花園　網址：www.cite.com.tw
香港發行所 ／城邦（香港）出版集團有限公司
香港九龍九龍城土瓜灣道86號順聯工業大廈6樓A室
電話：(852) 2508-6231　　傳真：(852) 2578-9337
e-mail：hkcite@biznetvigator.com
馬新發行所 ／馬新發行所／城邦（馬新）出版集團【Cite(M)Sdn Bhd】
41, Jalan Radin Anum, Bandar Baru Sri Petaling,
57000 Kuala Lumpur, Malaysia.
Tel: (603) 90563833　Fax:(603) 90576622

封 面 設 計 ／Bianco Tsai
內 頁 排 版 ／李偉涵
印　　　刷 ／高典印刷有限公司

■ 2025 年 4 月 1 日初版一刷
Printed in Taiwan

售價／340 元

城邦讀書花園
www.cite.com.tw

ISBN　978-626-7578-27-8

廣	告	回	函
北區郵政管理登記證			
台北廣字第000791號			
郵資已付，免貼郵票			

115 台北市南港區昆陽街 16 號 8 樓

英屬蓋曼群島商家庭傳媒股份有限公司
城邦分公司

請沿虛線對折，謝謝！

愛情．生活．心靈
閱讀春光，生命從此神采飛揚

春光出版

書號： OF0109　　書名： 月老在上

請於此處用膠水黏貼

讀者回函卡

謝謝您購買我們出版的書籍！請費心填寫此回函卡，我們將不定期寄上城邦集團最新的出版訊息。亦可掃描 QR CODE，填寫電子版回函卡

姓名：＿＿＿＿＿＿＿＿＿＿＿＿＿＿＿＿＿＿

性別：□男　□女

生日：西元＿＿＿＿＿＿年＿＿＿＿＿＿＿月＿＿＿＿＿＿＿日

地址：＿＿＿＿＿＿＿＿＿＿＿＿＿＿＿＿＿＿＿＿＿＿＿＿＿＿

聯絡電話：＿＿＿＿＿＿＿＿＿＿＿＿ 傳真：＿＿＿＿＿＿＿＿＿＿＿＿

E-mail：＿＿＿＿＿＿＿＿＿＿＿＿＿＿＿＿＿＿＿＿＿＿＿＿＿＿

職業：□ 1. 學生 □ 2. 軍公教 □ 3. 服務 □ 4. 金融 □ 5. 製造 □ 6. 資訊

□ 7. 傳播 □ 8. 自由業 □ 9. 農漁牧 □ 10. 家管 □ 11. 退休

□ 12. 其他 ＿＿＿＿＿＿＿＿＿＿＿＿＿＿＿＿＿＿＿＿＿＿

您從何種方式得知本書消息？

□ 1. 書店 □ 2. 網路 □ 3. 報紙 □ 4. 雜誌 □ 5. 廣播 □ 6. 電視

□ 7. 親友推薦 □ 8. 其他 ＿＿＿＿＿＿＿＿＿＿＿＿＿＿＿＿＿＿

您通常以何種方式購書？

□ 1. 書店 □ 2. 網路 □ 3. 傳真訂購 □ 4. 郵局劃撥 □ 5. 其他 ＿＿＿

您喜歡閱讀哪些類別的書籍？

□ 1. 財經商業 □ 2. 自然科學 □ 3. 歷史 □ 4. 法律 □ 5. 文學

□ 6. 休閒旅遊 □ 7. 小說 □ 8. 人物傳記 □ 9. 生活、勵志

□ 10. 其他 ＿＿＿＿＿＿＿＿＿＿＿＿＿＿＿＿＿＿＿＿＿＿＿

請於此處用膠水黏貼